밤 열한 시

펴낸날   2013년 10월 15일 초판 1쇄
         2021년 3월 25일 초판 11쇄

글   황경신
그림   김원
펴낸이   이태권
펴낸곳   소담출판사
         서울시 성북구 성북로5길 12 소담빌딩 301호 (우)02280
         전화 745-8566 **팩스** 747-3238
         이메일 sodambooks@naver.com
         등록번호 제2-42호 (1979년 11월 14일)
         홈페이지 www.dreamsodam.co.kr
디자인   nice age

ISBN 978-89-7381-682-8   03810

이 도서의 국립중앙도서관 출판시도서목록(CIP)은 서지정보유통지원시스템 홈페이지
(http://seoji.nl.go.kr)와 국가자료공동목록시스템(http://www.nl.go.kr/kolisnet)에서
이용하실 수 있습니다.(CIP제어번호: CIP2013019758)

밤 열한 시

120 True Stories & Innocent Lies

글 **황경신** 그림 **김원**

사랑이 우리를 죽이지 않게 하시고
또한 사랑이 죽지도 않게 하소서

_ 존 던

그리고 우리가
사랑을 죽이지도 않게 하소서

차례

fall wind

winter sunshine

spring rain

summer lightning

아침의 인사

안녕, 이렇게 낡은 세계 안에서
하나도 새롭지 않은 아침
변하지 않은 것들과
변할 수 없는 것들로 채워진 하루

멀리 있는 사람은 여전히 멀리 있고
그리움은 여전히 꽃처럼 만발하고
홀로 바래가는 빛들이 달콤하게 속삭이는
어제의 거울 같은 오늘
안녕,

희망이라고는 오로지
갓 구운 빵과 신선한 커피
뜨거운 심장까지 이르기도 전에 차가움을 잃어버릴 물
아주 잠깐의 휴식만 허락되는 의자 하나

안녕,
금세 잊어버릴 지난밤의 꿈

성급하게 나를 밀어내고 튼튼한 성을 쌓는
너의 마음
나는 그곳에서 기억 하나 제대로 챙겨 오지 못했다

아무것도 아니라면
아무것도 아닌 일이 될 수도 있는
그런 일들이
날을 세우고 나를 노리는
아침의 인사는

그러므로 너무 다정하지 않게
너무 희망차지 않게
가능하면 낮은 채도로
할 수 있다면 아무렇지도 않은 듯

그것만으로
안녕하기

그걸로 충분하다고

가야 할 곳이 있었는데 길을 잃었다
걸어야 할 전화가 있었는데 전화기는 고장이 났다
만나야 할 사람이 있었는데 그는 오지 않았다

그런 꿈이 길기도 했다
잠에서 깨어났는데도 형편은 달라지지 않았다

여전히
길은 노중에서 사라지고
연락할 방도는 찾을 수 없고
사람은 오지 않는다

읽던 책을 펴자
이런 구절이 눈에 들어온다

'인생이란 그런 거다.
아무리 열심히 행복을 모아봤자
아무것도 아닌 듯 쓸려가 버린다.

누군가 나한테 묻는다면,
난 세상에 저주 따윈 없다고 대답하겠다.
삶이 있을 뿐.
그걸로 충분하다고.'

아마도 나의 삶은 더 이상 짧지 않을 것이며
더 이상 놀라울 일은 일어나지 않을 것이며

길을 잃고
무언가를 부수거나 무너뜨리고
한 사람을 지우거나 밀어내면서
지루할 정도로 천천히
흘러가리라는 예감을 끌어안는다

그걸로 충분하다고
조그맣게 중얼거리며

+ 본문 중의 인용문은 주노 디아스의 소설 『오스카 와오의 짧고 놀라운 삶』의 일부입니다.

	나쁜		운명		따위가		결코		빼앗아		갈		수		없는		것
을		너는		가지고		있느냐고		운명이		내게		묻는다.		그
게		사람이었으면		좋겠다.		당신이었으면		좋겠다.			

조각들

내가 너를 비추고 네가 나를 비추니
사람의 숲이 이렇게 아득하다
부딪치고 깨어진 조각들이 이렇게 아프다

너무 멀거나 너무 가깝거나. 그래서 눈물이 나는
거라는 이야기를 읽었노라고. 내가 당신에게 말했던
그 한순간.

어쩔 수 없는 일은 어쩔 수 없는 일

인간에게 자유의지라는 게 있느냐, 없느냐. 이 문제에 대해 나는 오래 전에 결론을 내렸다.

만약 당신이 의사에게 이런 이야기를 들었다고 가정해보자. (매우 불행한 가정이지만 내 생각을 정확하게 전하기 위해 어쩔 수 없다는 걸 이해해달라.)

암입니다. 수술을 하면 살 수 있는 가능성이 50퍼센트 정도입니다. 수술을 받지 않으면 남아 있는 시간은 6개월 정도입니다.

그렇다면 당신이 할 수 있는 선택은 두 가지밖에 없다. 수술을 받느냐, 안 받느냐. 어떤 선택을 하더라도 당신이 암에 걸렸다는 사실을 바꿀 수는 없다. 그것이 우리에게 허락된 손톱만 한 자유의지라는 것이다.

내가 어떤 계기로 자유의지라는 화두를 붙잡고 생각을 거듭했으며 어떤 계기로 이런 결론에 도달했는지는 잊어버렸지만 여기까지 생각이 미쳤을 때 뭔가 머릿속이 개운해졌다. (그렇다, 암담해진 것이 아니라 오히려 개운해진 것이다.)

전혀 다른 이야기인 듯하지만 사실은 같은 이야기가 하나 더 있다. 나는 비행기 여행을 별로 좋아하지 않는데 나의 지병인 아고라포비아 때문도 있지만 지나치게 빠른 시간 안에 지나치게 먼 곳에 이른다는 사실이 불편하기 때문이기도 하다.

언젠가 그런 이야기 끝에, 친구가 말했다.

난 좋은데. 가만히 있으면 밥 주고 안전벨트에 매여서 자고. 아무것도 안 해도 되고. 사육당하는 기분이잖아.

'사육'이라는 말의 뉘앙스는 부정적이지만 나는 그 말을 단번에, 그것도 긍정적으로 이해했다. 그 후 아예 그런 심정으로 비행기에 올라타자 이상하리만치 마음이 편안해졌다.

그러니까 이런 말이다. 애초에 인간에게 거대한 자유의지 따위가 없다는 결론에 이르렀을 때 나는 진심으로 삶의 한 부분을 놓아버릴 수가 있게 되었다. 이를테면 욕망이라거나 질투, 원망이라거나 불평 같은 감정들이 비로소 퇴화하기 시작했다는 기분이었다.

어쩔 수 없는 일은 어쩔 수 없는 일.

이런 나의 생각이 당신의 마음에 들지 않을지도 모르겠다. 그러나 나는 우리에게서 너무 쉽게 일어나는 문제의 대부분은 자신의 의지대로 되지 않는 것에 화를 내고 너무 많은 것을 책임지려 하기 때문이라고 믿는다. (정작 책임을 져야 할 것들은 따로 있지만, 이건 다른 이야기이므로 여기서는 생략한다.)

(다시 비유로 돌아가서) 암에 걸렸다는 사실은 결코 변화시킬 수 없으므로 울고불고 하늘을 원망하고 땅을 원망하고 지나가는 사람을 붙들고 닥치는 대로 원망해도 소용이 없다. 내가 왜 이 지경이 되도록 살았던가, 후회하는 것도 도움이 되지 않는다. 50퍼센트의 확률로 도박을 하여 삶을 다시 붙잡거나 놓치느냐, 혹은 남은 6개월을 엄청난 불안과

싸우며 살아내느냐.

이 정도로 심각하진 않지만 실제로 우리 인생에 놓인 모든 선택의 길은 이런 결정을 요구한다. 그리고 그 길을 다 가보지 않고서는 결과를 알 수 없다. 뚜껑을 열지 않으면 알 수 없는 슈뢰딩거의 고양이 같은 거다. 그러므로 뚜껑을 열기 전에는 두 가지의 결과가 동시에 존재한다. 막연한 예측, 예감의 형태가 아니라 실재의 형태로. (슈뢰딩거의 고양이 이야기는 양자역학에 나오는 것인데 요즘 내가 심취해 있는 부분이다. 심취해봤자 내가 양자역학 같은 걸 제대로 이해할 리 없지만 분명히 뭔가 아주 중요한 것이 거기 있다. 이 이야기도 다음 기회에.)

슬프게도, 아무것도 하지 않아도 인생에는 어쩔 수 없는 일들이 일어난다. 운명은 인간을 배려하지 않으니까. 어느 날 우리의 육신이 강력한 암세포에 점령당하기도 하고, 어느 날 소중하게 지켜온 가치를 빼앗기기도 하고, 어느 날 온갖 종류의 폭력이나 배신, 예기치 않은 사고가 닥쳐오기도 하고, 어느 날 생명 같은 사랑이 멀어지기도 한다.

삶이란 누구에게나 고분고분하지 않고 우린 모두 나름대로의 암세포를 지닌 채 살아가고 있다. 타인이 되어 앓아보기 전에는 그 무게와 고통을 짐작할 수 없으니 나의 세포들을 꺼내어 시시콜콜 보여주고 싶지는 않다.

다만 살아가다 문득 돌뿌리에 걸려 넘어질 때면 의사와 환자의 이야기를 떠올린다.

어쩔 수 없는 일은 어쩔 수 없는 일.

그럴 때면 나는 모든 문을 열어젖히고 많은 것들을 내다 버리고 구석구석 청소를 하고 과잉된 감정을 덜어낸다. 누군가의 말처럼 여행은 가볍게 해야 하는 법이니까.

바로 저 모퉁이에서 우리는 헤어져야 할지도 모르니까.

어떤 기억을 비로소 견뎌낼 수 있게 되는 일. 지나간 시간을 정독할 마음이 조금쯤 일렁이는 일. 안도와 체념이 뒤섞인 맛의 한숨. 그래서 슬프냐고 누가 묻는다면, 아니라고 이제 답할 수도 있겠다.

사람을 녹이는 것들

"사람과 사람 사이의 친분이라는 것, 우정이나 사랑 말이야. 그런 것은
사람의 뼈를 녹이지. 너는 생명의 물기가 가득한 사람이야.
너의 내부에는 피도 있고 눈물도 있겠지. 너는 사람을 녹이는 것들.
그러니까 우정과 친분, 사랑을 갈망하고 있어."
_ 이자크 디네센, 『불멸의 이야기』 중에서

그리하여 우리가 이별할 때마다
우리의 심장은 반쯤 녹아버린다

마치 영원히 헤어지지 않을 듯이
모든 순간의 밑바닥에서 고집스럽게 버티며
마치 내일이 없다는 듯이
서로를 움켜쥐고 있었던 시간들

나를 보내기 싫어서 너는 미래를 언급하지 않고
너를 떠나기 싫어서 나는 현실을 보려 하지 않으나
슬픔은 가장 먼 산의 꼭대기로부터
하류로 하류로 흘러와

밤 열한 시

어느새 우리의 발을 적시고 허리를 휘감아
망망한 바다로 데려간다

갈망하는 모든 것들이 우리를 녹였으나
갈망을 멈출 수 없는 너와 나의 심장은
헤어져 있는 동안 다시 살아나
또다시 갈망하고 있으니

그리하여 우리는 만나기 위해 또 이별하는 거라고 너는 말하고
그리하여 우리는 이별하기 위해 또 만나는 거라고 나는 말하고
어쩌면 갈망이 우리를 버릴 때까지
우리는 갈망을 버릴 수 없으므로

어쩌다 가끔 물을 주지 않으면 살아남을 수 없는 너와 나는

	폐	.	육	상	동	물	과		양	서	동	물	의		중	요	호	흡	기	.	폐	부	를		찔
린	다	는		건		숨	이		잠	시		멎	는		것	.	그		말	이		비	유	가	
아	니	란		걸		이	제		알	겠	다	.	당	신	이		내	게		행	한		일	.	사
람	이	,	사	랑	이		행	하	는		일	.													

눈물은 넣어둬

그때 나의 눈은 어리고
보이는 모든 것은 너무 멀리 있었지
혹은 삶이 너무 가까운 곳에 있었던 거라고
말할 수도 있어

나의 사랑은 작고 얕은 샘물과 같아
가뭄도 홍수도 쉽게 찾아왔지
세상은 온통 넘치거나 모자란 것들
그 속에서 쉽게도 지쳐갔어

그대 마음의 갈피를 헤아리는 동안
너무 이르거나 너무 늦은 운명이 문을 두드리고
어쩔 줄 모르는 나는
그대가 손을 내밀기 전에 넘어지곤 했어

나는 진흙탕 같은 슬픔에 잠겨
밤낮으로 그대를 아프게 할 궁리를 했지
내가 그대를 행복하게 해줄 사람이 아니라면

차라리 그대를 아프게 하는 사람이 되고 싶었던 거야

그대는 아주 슬픈 표정으로
그것도 사랑이란 걸 알고 있다고 말했지
내가 아무리 아니라고 해도
고개를 몇 번이나 끄덕이면서

세상은 내 편이 아니고
사랑도 내 것이 아니므로
내가 사랑하고 또 미워하는 그대의 눈부신 빛 속에서
나는 영영 그림자인 거라고

혼자 중얼거리며
떨어지는 눈물을 내버려두던 날들
혹은 한 방울의 눈물도 흘리지 못하던 날들
여전히 그대 마음의 갈피는 헤아릴 수가 없는데

문득 찾아든 기억은 내게 말하지
그러니 눈물은 넣어두라고
어린 눈과 어린 마음이
어린아이처럼 투정을 부린 것뿐이라고

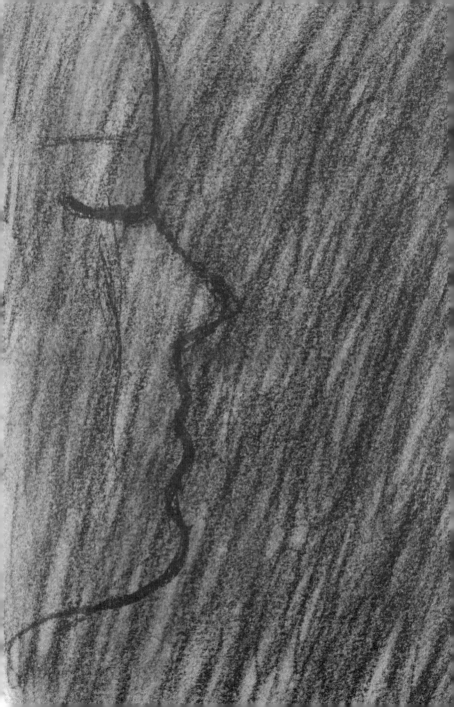

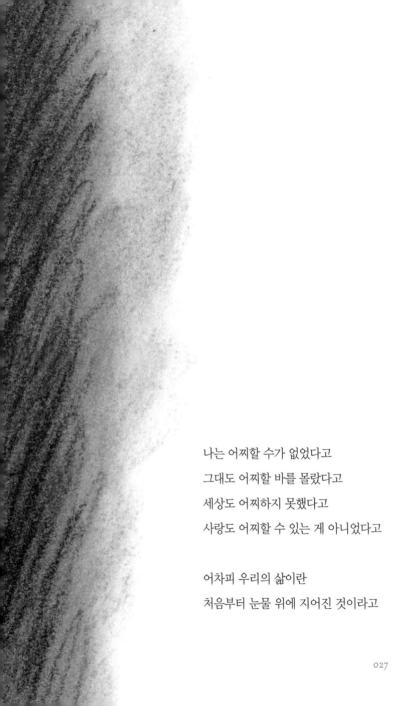

나는 어찌할 수가 없었다고
그대도 어찌할 바를 몰랐다고
세상도 어찌하지 못했다고
사랑도 어찌할 수 있는 게 아니었다고

어차피 우리의 삶이란
처음부터 눈물 위에 지어진 것이라고

짝사랑 사절

누군가를 처음 만났을 때 단 3초 만에 호감, 비호감이 결정된다고도 하고 첫눈에 반한다는 이야기도 많이 들어보았지만 나에게는 아인슈타인의 상대성 이론만큼이나 이해하기 어렵고 복잡한 이야기다.

참 멋진 사람이다, 라는 느낌을 받을 때도 있지만 그건 스크린 속의 배우나 좋은 그림을 보았을 때와 흡사한 것으로, 그의 인생에 개입하고 싶다거나 나의 인생을 그쪽에 편입하고 싶다는 생각은 들지 않는다. 그래서 어쩐지 마음이 통할 것 같은 사람을 만나도 우선은 벽을 하나 사이에 놓고 두고 보는 편이다.

낯을 가리는 이유에는 여러 가지가 있을 것이다. 아마도 겁이 많아서. 혹시 저 사람이 상처를 주진 않을까. 아마도 생각이 많아서. 혹시 내가 저 사람에게 상처를 입히진 않을까. 아마도 모든 게 쉽지 않아서. 혹시 이 만남과 이별을 내가 감당할 수 없는 건 아닐까.

하지만 이런 이유들이 사실은 변명일지도 모른다. 이쪽은 마음을 열었는데 저쪽은 닫혀 있다면? 그래서 길고 고통스럽고 외롭고 막막한 동굴 같은 곳에 갇히게 된다면? 이런 두려움, 본능적인 자기보호, 혹은 이기심 때문일지도 모른다.

그렇다고 나를 태어나 짝사랑 한 번 마음에 품어본 적 없는 이기적인 인간이라고 단정하진 않아주었으면 좋겠다. 멀다면 먼 과거의 기억이지만 짝사랑이라는 기형의 사랑이 가져다주는 즐거움과 괴로움 같은 것을 한때 누려보기도 했으나.

지금 생각하면 나는 늘 안전선 뒤에 서서 그를 지켜보고 있었다. 그리고 그는 놀랍게도 그런 나를 누구보다 잘 이해하고 있었다. 나는 그에게 폐가 되고 싶지 않았고 그는 내가 아니어도 충분히 아름다운 사람이었다. 말하자면 서로 좋아하고 있었으나 서로를 필요로 하지는 않는 사람들. 그런 식으로 우리는 각자의 인생을 살았다.

이야기가 점점 다른 곳으로 흘러가고 있지만, 좌우지간, 연인관계뿐 아니라 사람과 사람의 모든 관계에 있어 일방통행은 긍정적이고 건강한 것이 아닐 것이다. 그런 의미에서 개인의 매력을 떠나 나와 진정으로 소통을 할 수 있는 사람인지 아닌지를 알기 위해 오랜 시간을 두고 지켜볼 수밖에 없다. 어쩌면 단순한 끌림과 호기심으로 급조된 관계가 오히려 이기적인 것이 아닌가, 하는 생각도 들고.

또한 그런 의미에서 누군가를 혼자 마음에 품고 가는 일은 그리 즐기지 않는 편이다. 그 시간과 에너지로 곁에 있는 사람들을 사랑하고 또 나를 사랑하는 쪽이… 이것 역시 이기적이라는 생각도 들지만.

이러니저러니 해도 자신에게 관심이 없는 사람한테는 관심이 없는 게 인지상정 아닌가요? 화초도 매일 물을 줘야 시들지 않고 자라는 것인데 하물며 이렇게 섬세하고 예민한 인간이야.

언젠가, 언젠가

외국친구와 의사소통을 하다 보면 언어 때문에 혼란스러울 때가 간혹 있다. (뭐 간혹만 있겠느냐마는) 재미있고도 의미심장했던 언어의 차이 중 하나가 '언젠가'이다.

언젠가 그런 일이 있었어.

라고 말할 때, 즉 과거의 언젠가와

언젠가 그렇게 되면 좋겠어.

라고 말할 때, 즉 미래의 언젠가를 영어에서는 one day와 someday로 구분해서 사용하는 경우가 많다. 말하자면 과거에 실제로 일어난 언젠가의 그날은 이미 one day라는 구체적인 날 안에 보관되어 있는 것이다. 몇 년도 몇 월 며칠이라고 쓰인 상자가 있어서 그 상자 안에 그날 일어난 일들, 날씨, 온도, 기억이랄까 추억이랄까 그런 것들이 함께 들어 있다는 느낌이다.

one day에 비하면 우리가 사용하는 과거의 '언젠가'는 꽤나 모호하고 은밀하여 시적이라는 기분까지 든다. 그것이 진짜 일어난 일인지 아닌지도 알 수 없어서 날짜가 명시된 상자 안에 넣어두면 화를 낼지도 모르겠다는 기분.

one day와 someday를 구분해서 사용하는 것이 좋다는 것을 알게 된 이후에도 나는 종종 두 가지를 혼돈해서 쓰곤 했다. 그때마다 상대는 과거와 미래라는 간극을 혼란스러워 했지만, 과거의 어떤 언젠가는 one day로 부를 수 없는 불편함을 잘 설명할 수는 없었다.

모든 일어나지 않은 일에 구체적인 의미를 부여할 수 없듯이 이미 일어난 모든 일의 선명하고 정확한 의미 역시 안다고 말할 수는 없지 않을까. 시간이 흐르면서 이런저런 색깔로 그려지는 듯하다가도 어느 날 또다른 방향에 서서 바라보면 완전히 다른 모습이 되어버리는,

언젠가.

나에게는 일어났으나 너에게는 일어나지 않았던 일. 너에게는 희미했으나 나에게는 또렷했던 일. 나에게는 무거웠으나 너에게는 가벼웠던 일. 너에게는 잊혔으나 나에게는 문신으로 새겨진,

그 과거의 언젠가는 단 하루가 아니라, 여러 겹으로 짜인 날들의 씨줄과 날줄 속에 스며들어 미래의 언젠가를 응시하고 있다. 이를테면 그 언젠가는 언제였던가. 배들은 항구로 돌아오고 사랑은 날개를 퍼덕이고 내 앞에는 당신이 있었던.

언젠가라는 말처럼 슬픈 말도 흔치 않다. 이미 가버린 과거의 언젠가이든, 아직 오지 않은 어쩌면 영원히 오지 않을 미래의 언젠가이든.

	너	무		빨	리		오	거	나		너	무		늦	게		온	다	.	너	무		일	찍
사	라	지	거	나		너	무		오	래		남	는	다	.	제	시	간	에		제	자	리	를
지	킨		것	들	도		있	었	을		텐	데	,	너	무		늦	게		깨	닫	는	다	.

절벽

모처럼 만난 친구와 함께 공연을 하나 보고, 맥주를 한두 잔 마시고, 왁자지껄한 거리를 벗어나 우리 집으로 와서, 물김치와 연근조림 같은 걸 되는 대로 꺼내놓고, 찰리 헤이든을 들으며 막걸리를 마시던 토요일 밤이었지.

아버지가 돌아가셨어.

너의 문자를 받고 잠시 멍해졌어. 중학교 1학년, 그러니까 열네 살에 만나 지금까지 이렇다 할 싸움 한 번 한 적 없는, 만나면 마냥 좋고 오래 보지 못해도 생각하면 늘 의지가 되는 너는

나는 괜찮아. 내 걱정은 하지 마.

라며 그런 상황에서도 내가 걱정할 것을 걱정하고 있었지.

꽤 번잡한 일과 술자리가 늦은 밤까지 계속되는 날들로 인해 머릿속에도 마음에도 몸에도 끈적한 몸살 기운이 달라붙어 있었지만, 다행히 일요일 하루는 비어 있었으므로, 나는 서둘러 부산행 왕복 티켓을 끊었지.

너의 친구로 만나 내 친구가 된 S와 함께 기차를 타고 꼬박꼬박 졸다 깨다 부산역에 도착한 것이 다섯 시쯤이었나. 전철을 타고 택시를 타고 부산의료원을 찾아가서 검은 한복을 입은 너를 만났지.

네 어머니는 내 손을 잡고 "얼굴이 남아 있어, 어릴 때 얼굴이" 하시고

우리가 중학생이었던 시절에 고등학생이었던 너의 둘째 오빠는 슬픈 미소를 띠고 고개를 끄덕였지. 그리고 이제 영정 속에서 나를 바라보시는 너의 아버지. 말씀이 없으셨던, 내가 놀러 가면 그저 "놀아라" 하고 자리를 피해주시던 분.

너무 긴 세월이 한 번에 들이닥쳐 먹먹해지는 마음을 너와 나는 애써 감추고

힘들지.

오느라 고생했지.

의젓하게 어른의 인사를 주고받았지.

멋도 없이 크기만 한 장례식장의 앉은뱅이 식탁 앞에 마주 앉아 국에 밥을 말아먹고 자판기 커피를 한 잔씩 손에 들고 밖으로 나왔을 때, 부드러운 어둠이 이미 내려앉아 있었지.

뜨겁고 눈부신 낮들은 가고 이제 밤이 길어지는 날들만 남은 거야.

나는 생각했지만 소리 내어 말하지는 않았어.

너와 S, 그리고 내가 매일 어울려 다니던 시절이 있었지. 아홉 시에 출근하고 일곱 시에 퇴근하여 밤이 깊을 때까지 신촌 거리를 쏘다니곤 했어. 영원히 계속되고 끝없이 반복될 것 같던 그 시절은 그러나 이제 어디로 가버린 걸까.

너는 결혼을 하고 아이를 키우며 직장을 다니고, S는 사업을 하며 대출금을 갚으며 남자친구와 함께 살고, 나는, 그래 나는, 글을 쓰며 혼자 살아가다가, 마음만 먹으면 언제라도 만날 수 있을 것처럼, 그러나 드

문드문 문자로나 소식을 주고받다가, 예기치 않은 어떤 운명이 우리를 이런 자리로 불러 모으면, 낯선 병원 앞에서 자판기 커피를 마시며, 울지도 못하고, 마음 놓고 슬퍼하지도 못하고.

차라리 엉엉 울지 그랬느냐고, 돌아오는 기차 안에서 깜박이는 창밖의 불빛들을 나무랐지. 일요일 자정의 서울역에서 막차를 타고 밤의 남대문을 지나 집으로 돌아오면서 생은 어째서 이렇게 절벽 같을까, 생각했지.

한 걸음 앞에 무엇이 있는지 알 수 없어서 고통스럽고 또 외로웠던 청춘을 다 견뎌냈는데, 여전히 한 걸음 앞에 무엇이 있는지 알 수 없는 날들이잖아. 그렇다면 세월이 가르쳐준 것은 반항해도 소용이 없고 도망쳐도 길이 없다는 것이었을까.

소망하지 않은 일들이 인생에서 너무 많이 일어나. 더욱 슬픈 건 예기치 못했던 일들이 아니란 거야. 태어나고 늙고 병들고 죽는 것. 변하고 사라지고 파괴되는 것. 그리고 어떤 상실은 영원히 그곳에 뿌리를 내리지.

하지만 우리가 의지할 수 있는 건 너무 작은 불빛들뿐이야. 언제 변하고 사라지고 파괴될지 모르는 너무 작은 마음들뿐이야. 그러나 그렇게 작은 단서를 좇아 우리는 절벽의 가장자리를 밟아가고 있지. 제각기 자기 몫의 상실을 끌어안은 채 걷다 쉬다 졸다 깨다 웃다 울다 위태롭게 또 간절하게 삶의 가장자리를 짚어가고 있는 거야.

그러니 슬플 것도 없고 화를 낼 일도 아닌 거야.

그날들을 그 기억을 그 상실을, 잊고 살라고, 아니 잊지는 말라고, 심장 안에 살고 있는 슬픈 새는 슬픈 노래를 부르기도 하지만.

| | 절 | 망 | 은 | | 대 | 체 | 로 | | 구 | 체 | 적 | 인 | 데 | | 희 | 망 | 은 | | 대 | 체 | 로 | | 추 | 상 | 적 |
| 이 | 다 | . | 그 | 것 | 을 | | 믿 | 고 | | 의 | 지 | 하 | 는 | | 일 | 이 | | 그 | 리 | | 쉽 | 진 | | 않 | 다 | . |

먼발치

멀다는 건 두 사람 사이에 먼 거리가 있다는 것이고
발치는 발의 근처인데
먼발치는 어찌된 말일까
게다가 한 단어라니
하고
잠에서 깨어나 문득 생각했다

어디서 솟아난 단어인지 알 수가 없으나
먼발치
그렇게 발음해보는 것만으로
쓸쓸한 바람이 마음 언저리에 머물렀다

먼
눈에서 벗어난
목소리가 닿지 않는
아무리 부지런히 걸어도 도달할 수 없는
거리

발치
숨을 죽이는
그림자를 밟는
벗어나지 못하고 여전히 서성이는
위치

그래서 뭘 어쩌겠는가
뭐가 어떻게 된단 말인가
하고
다시 생각했다

세상에는 그런 것도 있는 법이니
하며
세상의 먼발치에 떨어뜨려진 것 같은 기분을
그런 기분의 나를
또한 먼발치에서 쓸쓸하게 응시한다

가끔은 그렇게 모든 것이 하염없을 때도 있는 법이니

바흐의 악보

나는 악보를 사고 싶었고 그는 나를 헌책방으로 데려다주었다. 말수가
적은 주인은 조용히 서가의 한쪽 구석을 가리켰다. 아래쪽 두 칸에 크
거나 작은, 두껍거나 얇은, 오래되거나 그렇지 않은 악보들이 꽂혀 있
었다. 허리를 굽히고 뒤지다가 나중에는 바닥에 앉아버렸다. 좋아하는
피아노곡을 찾았지만 뒷부분이 찢겨 나가고 없었다. 마음에 드는 악보
가 있었지만 바이올린곡이었다. 서점은 고요하고 동행은 나를 내버려
두었으므로, 주인은 뒤도 돌아보지 않고 자리에 앉아 책을 읽고 있었으
므로, 나는 그곳에 있는 모든 악보를 하나씩 꺼내어 만져보고 다시 꽂
아두는 일을 반복했다. 악보 갈피에 꽂힌 누군가의 메모, 음표와 음표
사이의 낙서 같은 것들을, 해독하지도 못하면서 오래오래 들여다보았
다. 자리에서 일어났을 때 나는 바흐의 칸타타 악보 하나를 손에 쥐고
있었다. 피아노곡은 아니었지만 멜로디를 흥얼거릴 수는 있을 것 같았
다. 오래된 악보의 음표들이 어떤 길을 알려줄 것 같기도 했다. 아니면
이 지상에는 길이 없다는 사실을 전해주거나. 서른 페이지 남짓 되는
그 악보를 가만히 보던 주인은 2유로를 달라고 했다. 밖은 이미 어둠이
고 이미 가을이었다. 나는 하늘을 올려다보았다. 지구를 반 바퀴 돌아
당신의 악보를 손에 넣었노라고 말하고 싶었는지도 모르겠다. 내가 발
견한 것은 내 마음 중에 가장 깊은 마음이었는지도 모르겠다.

진짜 이유는

누군가 내 심장에 매듭을 하나 지어둔 것이 틀림없다고 그녀는 생각한다. 아마도 그 매듭은 무척 단단하게 묶여 있고 붉은색의 리본까지 매달려 있을 거라고. 한밤의 선명한 꿈에서 깨어나 리본을 만지작거리던그녀는 갑자기 몸을 일으켜 컴퓨터를 켜고 먼 나라로 떠나는 비행기 티켓을 검색한다.

나는 먼 곳으로 가요. 당분간 연락이 안 될 거예요. 어쩌면 좀 오래 걸릴지도 몰라요.

그 사람에게 그렇게 말하는 자신을 상상하며 그녀는 달력 안에서 날짜를 뽑아본다.

그냥, 좀, 쉬고 싶어서요.

라고 말할 수도 있겠지. 혹은

기다리는 사람이 있어요.

라고 말해도 괜찮을까.

어쩌면 그 사람은 침묵할 테고 또 어쩌면 그 사람은 아무렇지도 않게몇 가지 질문을 할지도 모르지만, 진짜 이유는 말할 수 없다고 그녀는생각한다. 심장에 묶인 매듭이 더욱더 단단해져서 그 어떤 시간으로도풀 수 없게 되기 전에 그 사람으로부터 달아나야 한다는 본능이 자신을부추긴 것이라는 말을 어떻게 할 수 있겠는가. 끝내 당신이 잡을 수 없는 사람이 되어야만 당신 곁에 머물 수 있지 않겠느냐는 말을.

누군가가 어떤 행동을 하는 진짜 이유에 대해 아무도 이야기하지 않는다. 오래된 책들조차 그것에 대해 오래도록 침묵해왔다. 지나치게 감각적이고 너무나 날것인 그것이 퍼덕퍼덕 날뛰며 살아 있는 심장을 조여간다는 사실을 누구도 인정하지 않으므로.

그리하여 결국 그녀가 떠나느냐 혹은 머무르느냐는 떠나고자 했던 진짜 이유에 비하면 아무것도 아니지만, 아무것도 아닌 것들은 살아남는다. 오래전 우리가 그러했으며, 당신과 내가 이렇게 살아남았듯이.

	"너	는		고 독		속 에 서		부 드 러 운			마 음 으 로			에 고 이 스
트 처 럼			나 를		사 랑 할		수		있 어	?	"	_ 알 베 르		카 뮈 ,
『 정 의 의			사 람 들 』			중 에 서								

운명

돌 운(運), 목숨 명(命). 목숨의 도는 형편. 사람은 물론이고 지금까지 알려진 모든 생명과 아직까지 알려지지 않은 수많은 생명과 영원히 알려지지 않을 무한의 생명에 영향을 미치는, 거역할 수 없는, 거칠고 세찬 물결. 주로 생명 자신의 의지와는 무관하게 (거의 랜덤으로) 작용되는 것으로 추정되지만, 매우 불공평하게도, 생명은, 특히 사람은, 자신에게 일어나는 모든 일을 운명의 탓으로 돌릴 수만은 없다. 흔히 운명은 운명의 뜻대로 (즉, 운명적으로) 모든 일을 저지른 후, 운명에 가차 없이 휘둘린 자에게 그 책임을 묻는다.

오, 만약 운명의 책을 미리 보게 된다면,
아무리 행복한 젊은이도 자신의 인생행로를 읽고,
지나온 위기와 닥쳐올 불행을 생각하며,
운명의 책을 덮고, 그 자리에서 죽게 될 것이다.
_ 셰익스피어, 『헨리 4세』 중에서

그	토	록		현	명	한		충	고	들	을		다		저	버	렸	기	에		후	회	로
가	득	한		나	의		젊	음	이		그	렇	게		빛	나	고		사	랑	스	러	웠	겠	지
요	.																						

우리는 어디로 가는 거죠?

"그래서 그녀는 도로 손을 거두었다."

마지막 구절을 읽고 샐린저의 책을 덮었을 때, 그는 두 눈을 감고 있었다.

"당신, 하나도 안 듣고 있었죠?"

그의 입매가 살짝 미소를 머금었다. 어쩐지 불길한 느낌의 미소였다.

"네가 왜 샐린저를 좋아하는지 알 것 같다는 생각을 하고 있었어."

눈을 감은 채, 그가 말했다.

"왜 좋아하는데요?"

그녀는 한 시간 전에 깎아둔, 이미 갈색으로 빛이 바래가는 사과 한쪽을 집어 들고 물었다.

"그래서 그녀는 도로 손을 거두었다. 그게 마지막 문장인가?"

"그래요."

그녀는 입으로 가져가려던 사과를 도로 접시 위에 내려놓았다. 사과를 깨무는 소리가 너무 크게 들릴 것 같았기 때문이다.

"끝인데 끝난 것 같지가 않잖아. 끝을 유보한다는 느낌."

"어째서 늘 그렇게 정확한 얘기만 하는 거죠?"

그녀는 다시 사과를 집어 들어, 아삭, 하고 깨물었다. 소리는 생각보다, 그녀의 기대보다 크지 않았다.

"어두워."

"비가 오니까요."

햇살이 없는 날이었다. 창은 닫혀 있고, 블라인드는 끝까지 내려져 있고, 작은 거실에는 불빛 하나 없었다. 하지만 시간은 겨우 오후 두 시 십오 분이었다.

"가야겠어."

그렇게 말을 해놓고도, 그는 소파에서 몸을 일으키지 않았다.

"저기, 눈 좀 떠봐요."

그녀는 그의 눈동자를 보고 싶었다. 우리는 이제 어떻게 되는 거죠? 라는 질문을 해도 괜찮을지 알고 싶었다. 그는 천천히 눈을 떴지만, 그녀와 눈을 맞추려고 하지 않았다. 우리는 이제 어떻게 되는 거죠? 라는 질문으로 무언가가 시작될 수도 있겠지만, 모든 것이 끝날 수도 있다는 것을, 그녀는 깨달았다.

"커피, 한 잔 더 마실래요?"

그는 대답이 없었고, 그녀는 싱크대로 가서 커피를 만들었다. 사각사각, 커피콩 가는 소리가 빗소리에 섞여 들었고, 곧 기분 좋은 커피 향이 작은 공간을 채웠다. 아주 절망적인 상황은 아니야, 그녀는 생각했다. 하지만 미래를 이야기하기에 적당한 상황도 아니었다.

뜨거운 커피에 거품을 낸 우유를 섞을 때쯤, 그가 몸을 일으켰다.

"그칠 것 같지가 않군."

창밖으로 시선을 던지며, 그가 말했다. 좀 더 있다 가지 그래요, 하고 말하는 대신, 그녀는 그의 겉옷을 집어 들었다. 샐린저와 사과와 커피와 비조차도, 막을 수 없는 끝의 시작이 있다.

"우산, 있어요?"

그는 가방을 열어, 검은 우산을 보여주었다. 그녀는 고개를 끄덕였다. 그가 겉옷을 입고 신발을 신는 동안, 그녀는 거품이 가라앉기 시작하는 커피를 홀짝거렸다. 목 안이 얼얼하도록 뜨거운 것은 커피 때문이라고, 그녀는 믿기로 했다.

"어디로 가는 거죠?"

그녀의 질문에, 현관문을 열려던 그가, 몸을 돌렸다.

"어디로든."

그의 겉옷 한쪽 깃이 안으로 접혀 있다는 것을, 그녀는 알아차렸다.

"어디로든?"

그의 말을 가볍게 반복하면서, 그녀는 깃을 바로잡기 위해 손을 뻗었다.

"…가야지."

등을 돌리며, 그가 말했다. 문이 열리고, 다시 닫혔다. 아직 끝난 게 아니야. 그도 나도 안녕이라는 말은 하지 않았으니까. 그녀는 생각했다. 그래서 그녀는 도로 손을 거두었다.

뒤를 봐

뮤지컬 「미녀와 야수」에서 야수가 처음 등장하는 장면은 아무래도 '야수의 첫 등장'이므로 당연히 긴장감 있게 연출을 한다. 그래봤자 익히 알고 있는 스토리니까 야수가 미녀의 아버지를 잡아먹으면 어쩌나, 하며 조마조마해하진 않는다. 야수의 입장에서도 누군가를 겁먹게 하겠다기보다는, 으스스한 조명 아래에서 묵직한 베이스의 음색으로 박력 넘치는 노래를 선사하는 것으로 인상적인 첫인상을 주겠다는 계획 정도를 안고 무대에 등장하리라.

아무튼 그 장면은 극에서 꽤 중요한 장면이므로 관객들은 시선을 고정시키고 숨을 죽인 채 지켜보게 된다. 이런 와중에 한 가지 예기치 않은 관객의 반응이 있었다.

"뒤를 봐!"

여섯 살이나 일곱 살쯤 된 꼬마아이의 외침이 고요한 공연장에 울려 퍼진 것이다. 자신의 눈에 빤히 보이는 거대한 야수가 나타났는데 미녀의 아버지가 다른 데 정신을 팔고 있으니 안타깝고 답답했으리라. 꼬마의 애절하고 간절한 외침으로 인해 공연장은 웃음바다가 되었고, 공연 후 뒤풀이자리에서 들은 바로는 야수 역을 맡은 배우도 몹시 당황하여 첫음을 살짝 놓칠 뻔했단다.

비슷한 에피소드가 또 있다. 김민기 선생이 연출한 뮤지컬 「우리는 친구다』를 보러 갔을 때였다. 아이들을 대상으로 한 뮤지컬이었으므로 객석은 당연히 아이들로 바글바글 차 있었다. 어린이 관객들과 함께 애니메이션이나 공연을 보면 나도 모르게 아이들에게 융화되어 그들의 눈높이로 무대나 스크린에서 일어나는 일들을 바라보게 되는데, 이런 경험이 꽤 즐겁다.

역시 객석에서는 빤히 보이는 '나쁜 아이'가 주인공을 골탕 먹이려고 뒤에서 살금살금 접근하고 있는데, 어디선가 또 하나의 애절하고 간절한 외침이 터져 나왔다.

"뒤를 봐!"

객석에는 웃음을 터뜨릴 어른 관객이 거의 없었으므로 나 역시 소리 내어 웃는 건 뭔가 예의가 아니라는 기분이 들어 숨을 죽이고 쿡쿡거렸는데, 그건 옳은 판단이었다. 순식간에 아이들이 가세하여 입을 맞춰 뒤를 보라고 외치기 시작했다. 이런 일은 흔히 일어나는 듯, 주인공은 천연덕스럽게 연기를 계속했고 '나쁜 아이'는 객석을 향해 윙크를 날렸다. 당연히 아이들의 아우성이 더욱 높아졌다.

모든 것이 다 그렇고 그런 날, 이를테면 가벼운 슬럼프에 빠진 것 같은데 딱히 헤어날 의지도 없는 날, 누군가와 좀 멀어진 것 같은데 다시 가까워지기 위해 어떻게 해야 할지 모르겠는 날, 사람이라거나 삶 같은 것이 나를 조금씩 밀어내고 있다는 의심이 드는 날, 문득 이 말이 귀에 울렸다.

"뒤를 봐!"

얼룩진 눈과 마음을 닦고 뒤를 돌아보니 누군가 슬픈 얼굴로 나를 보고 있었다. 누군가 화를 내며 나를 보고 있었다. 누군가 다정하게 손을 내밀며 나를 보고 있었다. 보이지 않았던, 볼 수 없었던, 보지 않으려 했던 것들이 한 걸음 뒤에서 나를 응시하고 있었다.

두고 온 것들, 가지지 않으려 했던 것들, 어쩔 수 없이 잃어버린 것들을 왜 돌아보나. 그런 생각을 한 적도 있었다. 그러나 돌아보지 않는다면, 지금 내가 얻은 것들과 언젠가 잃어버린 것들의 의미를 영영 알 수 없으리라.

알 수 없어도 어쩌지 못하는 것이 삶이나 그 '어쩌지 못함'을 알지 못한다면, 삶을 지속시킬 마음이 사라질 수도 있다. 원하지 않아도 멀어지는 것이 사랑이지만 그 '멀어짐'에 대해 눈물을 바칠 수 없다면, 누군가를 사랑할 자격을 잃게 될지도 모른다.

걷기에 좋은 계절이다.
걷다가 문득 걸음을 멈추고, 뒤를 돌아보기 좋은 계절이다.

시	간	이		보	여	주	는		것	,		천	천	히		그	러	나		착	실	하	고		선
명	하	게		보	여	주	는		것	은		늘		믿	을		만	하	다	.		그	건		아	마
도		진	실	에		가	까	우	리	라	.														

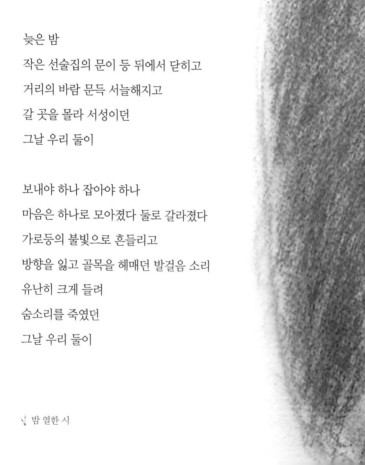

그날 우리 둘이

그날 우리 둘이
행복했던 시간의
가장자리가 시들어간다

늦은 밤
작은 선술집의 문이 등 뒤에서 닫히고
거리의 바람 문득 서늘해지고
갈 곳을 몰라 서성이던
그날 우리 둘이

보내야 하나 잡아야 하나
마음은 하나로 모아졌다 둘로 갈라졌다
가로등의 불빛으로 흔들리고
방향을 잃고 골목을 헤매던 발걸음 소리
유난히 크게 들려
숨소리를 죽였던
그날 우리 둘이

시들어간다
그 시간의 중심은 아직 촉촉한 물기를 머금고 있으나
여태 붉고 푸른 꿈에 잠겨 있으나
우리는 헤어지려 하지 않았으나

낯설고 놀라운 꿈을 꾸는 사람들처럼
어리둥절한 채로
마주 보고 서 있던
그날 우리 둘이
사이로 난폭하게 흘러갔던 시간

차고 단단한 십일월의 대기와
묻지 못한 질문들의 잔인한 아름다움을
조심스럽게 밟으며
어쩔 수 없이 당도했던 마지막과
짧은 인사도 나누지 않았던
그날 우리 둘이
꽃처럼 행복했던 붉고 푸른 결들을
돌아보고 돌아보며
오늘 나 혼자서

어쩌면 너는

어쩌면 너는
네 인생에 이미 많은 일들이 일어난 거라고 생각하지
아직 여름이 한창이지만
너의 마음은 여태 겪어본 적 없는
가을의 언저리를 떠돌기도 하고
한겨울의 거리에 내몰린 기분이 된 적도 있었을 거야
뼛속으로 파고드는 추위를 잊기 위해
일부러 큰소리로 웃거나 소리를 지르는 너를 본 사람도
아마 한두 명쯤은 있었겠지

어쩌면 너는
너무 많은 것들이 너무 자주 변한다는 생각과
또 어떤 것들은 생이 끝날 때까지
결코 변하지 않을 것 같다는 생각에 사로잡혀
절망이라는 벼랑에 서서
무구하고 잔인한 바다를 내려다보았을지도 몰라
그러나 단 하나 버릴 수 없는 것이 있어
조금만 더 걸어보자고

조금만 더 움직여보자고 스스로를 부추기며
한숨 같은 심호흡을 몇 번이나 반복했을 거야

어쩌면 너는
너무 오랫동안 사랑을 기다려왔다고 중얼거리는 밤을
수없이 보냈을 테지
가까이 끌어다 곁에 두고 싶은 사람도 있었을 거야
하지만 꽃이 피고 또 지는 것처럼
바람이 불어오고 또 불어가는 것처럼
네 속에서 고개를 내밀었다가 스르르 시들어가는 그 감정을
미처 사랑이라 부를 수는 없었겠지

어쩌면 너는
성급하고 체할 것 같은 복잡한 관계로부터 달아나
홀로 겨울의 심장에 이르는 것도
썩 나쁘진 않을 거라 생각하지
응시할수록 점점 희미해지는 사랑을 향해
나쁜 말을 퍼부으면서 말이야

하지만 그건
사랑이 그만큼 너에게 무겁기 때문이지
네가 하필이면 그런 사랑을 원하기 때문이지

그러니 어쩌면 너는
아무도 모르는 사이에
남몰래 사랑을 위한 모든 준비를 마친 걸지도 몰라
불면의 밤들을 고스란히 통과하고
유혹의 눈웃음을 외면하고
섣불리 심장을 꺼내 보이지 않았으며

모든 옳은 것들에 대한 존경과
모든 영원한 것들에 대한 경외를
한시도 멈추지 않았으니까

네가 원하는 사랑은 어디에 있을까
그것을 알지 못하여
너는 온 세상의 모퉁이를 서성이지
그러나 정말로 이상하게도
네가 보았다고 생각하는 사랑의 얼굴은
두서없이 흔적 없이 서둘러 사라져버리고 말지
그때 너는 문득 걸음을 멈추고
생각할 거야

그저 이 자리에 가만히 서서
사랑을 기다리는 것이
어쩌면 가장 현명한 일일지도 모르겠다고

그래, 그런 이유로
나는 간혹 너의 눈빛에서
기다리는 사람이 감추고 있는 깊은 우물을 발견하지
끝이 보이지 않는 그 우물은
무척이나 검고 푸르러
마치 아무것도 존재하지 않는 밤과 같아

그리고 아주 가끔
예기치 않은 바람에 의해
섬세하고 불안한 물결이 갈라질 때의 풍경이
얼마나 아름답고 위험한지
너는 결코 모르고 있을 거야

그렇게 너는
네 인생에서 아직 단 한 번도 일어나지 않은 어떤 일을
기다리고 있겠지
그러니까 어쩌면
내가 그러하듯이

객석

어둠 속에서 하나의 소리를 들었네. 의미도 없고 멜로디도 없는, 흐느끼는 것도 같고 소리 죽여 웃는 것 같기도 한, 귀를 기울이지 않으면 들리지 않는 소리를 들었네. 작은 씨앗 하나가 꿈틀거리는 소리, 지루함으로 몸을 비트는 소리, 갈증 난 입술이 갈라지는 소리, 어두운 무엇이 밝은 무엇을 기다리는 소리였네. 행여 사라질까 숨도 쉬지 않고 나는 소리를 따라갔네. 그리고 당신을 발견했네. 당신은 아무도 없는 무대 위에 그림처럼 걸려 있었네. 하지만 나는 볼 수 있었네. 당신의 망설이는 손과 발, 떨리는 어깨, 겁먹은 눈동자와 서투른 몸짓을, 이제 막 싹을 틔우려는 당신 안의 붉고 환한 심장을 나는 보았네. 달려가 당신을 와락 안고 싶었네. 돌아서서 멀리멀리 도망가고 싶었네. 어떤 기대와 어떤 두려움이 한 번에 들이닥쳤네. 그렇게 어쩔 줄 모른 채로 어두운 객석에 앉아, 나는 오래도록 당신을 바라보았네. 이제 당신을 위해 나는 무엇이든 되고 싶네. 당신을 밝혀줄 빛이, 당신을 돋보이게 할 소품이, 당신의 소리를 받쳐줄 악기가 되고 싶네. 마침내 당신에게서 하나의 멜로디가 흘러나올 때, 가장 큰소리로 환호하며 박수 치는 관객이 되고 싶네. 난폭한 소나기 끝에 떠오른 무지개로 꽃다발을 만들어 당신의 목에 걸어주고, 당신이 무엇을 하든 혹 무엇을 하지 않든, 나는 영원히 당신을 바라보고 있다고 속삭이고 싶네.

어느 비관주의자의 변명

어릴 때부터 나는 늘 끝을 궁금해했지요
동화책을 읽어도 만화영화를 보아도
그래서 마지막에 다들 어떻게 되는지
그는 어떻게 그녀는 어떻게
그녀가 기르던 작은 고양이는 어떻게
그 고양이가 가지고 놀던 동그란 공은 어떻게 될까
숨을 참고 허겁지겁 따라갔지요

이미 죽은 사람들의 음악을 듣거나 책을 읽으면서도
나는 그들이 어떻게 살았는지보다
어떻게 죽었는지를 알고 싶어 했지요
마지막 눈을 감던 순간 그는 어디에 있었는지
무슨 생각을 했는지
어떤 표정으로 어떤 손짓을 했는지
누가 그 곁을 지켰는지
혹은 그저 홀로 마지막을 맞았는지
그래서 쓸쓸했는지 그래서 불안했는지 그래서
안도의 긴 숨을 내쉬었는지

그런 것들이 알고 싶었지요

누군가를 사랑하기 시작할 때도
나는 항상 끝을 먼저 생각했지요
먼 훗날 지금의 기억들이 내게 독이 될 것인지 약이 될 것인지
이별의 징조는 언제 어떤 식으로 찾아와
무엇으로 마침표를 찍을 것인지
그때 나는 절망할 것인지 후회할 것인지
혹은 고마워할 것인지
그래서 눈물이 날까 웃음이 날까 몰래 상상해보며
다가갈까 도망갈까 이쯤에서 멈출까 하는 생각들을
멈추지 못했지요

그러나 당신도 알고 있듯
세상도 사람도 정말로 우리가 궁금해하는 것들은 가르쳐주지 않지요
어느 순간 문은 내 눈앞에서 닫히고
나는 홀로 남겨진 채
엔딩 크레디트를 바라보며
책의 마지막 페이지를 바라보며
누군가의 사망연도를 오래오래 바라보며
짐작할 수 없는 것들을 짐작하려 하지만

당신은 말이 없고

끝나버린 사랑은 아무것도 대답해주지 않았죠

그러니까

축제가 끝난 텅 빈 광장이라거나

모두가 돌아가버린 텅 빈 공연장 같은 곳에

나는 휴지조각처럼 버려져

누구도 나를 찾지 않을 거라며

아무리 기다려도 아침은 오지 않을 거라며

어린아이처럼 절망을 우긴다 해도

내가 너무 비관적인 거라고 비난하지는 마세요

내가 세상을 사랑하지 않는 거라고

당신을 믿지 못하는 거라고

나무라지는 마세요

희망을 노래하라고 꿈을 의심하지 말라고

다그치지 마세요

세상이 어떻게 되든 상관이 없다면

당신이 나의 무엇이 되든 상관이 없다면

나는 절망하지도 않고 비관하지도 않을 거니까요

마지막을 궁금해하지도 않을 거니까요

당신은 안 그런가요

노래라거나 꽃이라거나 마음이라거나

그토록 연약한 것들이 아프고 불안하지 않은가요

그래요, 사랑은 나의 치명적인 약점이어서

사랑이 아니면 아무것도 아니어서

꿈에라도 잃을까 꿈에라도 얻을까

안절부절못하다가

언젠가 그렇게 죽을 거니까

그러므로

언젠가 만약 당신이 나의 비석에 새겨진 네 개의 숫자를 보게 된다면

그 안에 담긴 것들을 유심히 읽어주길 원해요

내가 마지막 순간까지 포기하지 않았던 것들을

어쩌면 사랑을 위해

아마도 당신을 위해

포기했던 모든 것들을

	사	랑	을		위	해		모	든		원	칙	을		깨	는		것	이		나	의		원	칙
이	었	다	,		라	고			마	지	막	에			말	할		수		있	었	으	면	.	

우리는 다 변하잖아

그리고 봄이 온다

너무 오래 기다려서 무엇을 기다리고 있는지조차 잊었을 때

단 한 번 방심한 순간

꽃이 피어나듯 새가 날아오듯 기적처럼

봄이 찾아와

메마른 땅을 모조리 갈아엎고

모든 약속의 씨앗을 뿌린다

우리는 꽃처럼 피어날 수도 있고

우리는 새처럼 날 수도 있다고 세계가 속삭인다

그러나 머무는 것들은 얼마나 순식간에 사라지는가

단 한 번 숨을 크게 내쉬는 것만으로

단 한 번 걸음을 성급히 내딛는 것만으로

시드는 꽃, 날아가는 새,

애초에 우리를 위한 것이 아니었던

이 세상 모든 것들의 처음, 그 위태로움,

그것을 다 견디는 자에게

그리고 여름이 온다

마음껏 열어젖힌 대기의 풍성한 열기,

어디로나 가로지르는 바람,

느닷없이 쏟아지는 소나기가 우리의 뿌리를 흔들 때

하나의 단순한 격정에 사로잡혀

우리는 뺨을 붉게 물들이고 뛰어간다

마음의 갈래마다 폭죽이 터지고

달콤한 과일들의 농익은 내음에 몸을 떨며

서투른 입술로 영원을 노래하는 우리 안에서

심장은 웅성거리며 환호하지만

그러나 암흑의 밤을 통과하는 영혼이 오가는 희망과 절망,

홀로 밟아가는 적막의 냉정한 얼굴이 문득

우리를 불러 세울 것이니

거친 기대와 거친 절망, 자학과 자기사랑, 열기와 냉기가

난폭하게 우리를 밀어내는 시간,

그것을 다 견디는 자에게

그리고 가을이 온다

가라앉을 것은 가라앉고

떨어질 것은 떨어지고

그래도 남아 있는 것이 있다면 조금 깊어진 눈빛이라 안도하며

말하지 않아도 가까운 사람에게

길고 긴 편지를 썼다 찢는 고요한 밤,

훌쩍 떠났다가도 돌아올 수 있을 것 같고

잠깐 눈을 감았다 떠도 그 자리에 있을 것 같아

허공을 향해 손을 뻗어 온기를 확인하는 낮,

심장에 새겨진 초연한 이름 하나가

문신이 되고 문장이 되는 계절을

우리는 조금 떨어져 걷는다

그러나 어디에나 존재하는 부재,

사랑도 사람도 흔적을 찾을 수 없는 쓸쓸함 속에서

둥근 달처럼 딱딱한 시간을 삼키는

가늠할 수 없는 운명을 받아들이는

이해하는

끌어안아 견디는 자에게

그리고 겨울이 온다

세계가 머물다 떠난 자리,

얼어붙은 눈 위에 또 눈이 쌓이고

바람의 자락들이 서로의 꼬리를 쫓고 붙잡으며

빈방을 기웃거린다

그때 누가 남고 누가 사라지나

그때 누가 사랑을 하고 누가 사랑을 떠나나
변해버린 것들과 변해가는 것들을 고스란히 지켜내며
누가 아직 그 자리에 있나
우리는 다 변하잖아, 그러니 슬퍼할 일은 없어,
라고 누가 말하며
누가 고개를 끄덕일 것인가
하나의 무(無)로 이르는 완벽한 안식과 평화의 성이 거기 있으니
그곳에서 누가 나를 기다리나

너는 누구를 기다리나

바	꿀	수		없	는		것	들	을		외	면	하	지		않	는		것	.	견	딜
수		없	는		것	들	을		받	아	들	이	는		것	.	변	하	는		것	들	을		포
기	하	지		않	는		것	.	가	을	이		가	르	쳐	주	는		것	.		

사랑이 논리를 극복하는 건 줄 알았지
사랑이 논리를 만들어간다는 것을 모를 때

누군가 요즘 어떻게 지내느냐고 묻는다면
나는 느려지고 있노라고
아주 조금씩 천천히 느려지는 중이라고
느림과 친해지고 있다고
대답하고 싶다

흰 구름, 먹구름, 저무는 햇살,
어두워지는 하늘, 아직 푸른 하늘이
마구 뒤섞인 풍경을 보았다
아름다운 혼돈이라 쓰고 누군가를 생각한다

멀리 있는 사람 그리워하라고 달이 뜨겠지요
그리운 마음 올려두라고 쟁반같이 둥글겠지요
형체도 소리도 없는 달빛이 온 세상에 고이면
적적함이야 잠시 잊히겠지요

무의미하고 불필요하고 번잡한 것들을 조금씩 힘겹게 밀어내고
가까스로 만든 삶의 여백을
또다시 그러한 것들로 채을 수는 없지 않겠나

'하루가 멀다 하고'의 그 하루가
정말로 까마득하게 멀 때가 있습니다

winter sunshine

Dec. Jan. Feb.

포옹

지축이 흔들릴 때마다 생각했지
난 어디에서 뿌리 뽑혀 온 것일까
삶의 구절구절이 간절하지도 않았는데
어째서 어리석은 희망의 묘지를
이리도 많이 쌓아두었나

문득 기억났다는 듯이 저물어가는 하루와
어디에도 이르지 못했던 다리를 끌어안고
수많은 이름을 안간힘으로 떠올릴 때
생각했지, 입 밖으로 내지 않았던 맹세는
어디에 묻어야 하는 것일까

모든 길 위에서 나의 손을 찾는 너의 손과
아직 오지 않은 모든 밤 속의 포옹들이
미치도록 가까워 보일 때마다 생각했지
나는 어쩌다 질문하는 심장을 가졌으며
너는 어쩌다 너무 높은 곳에 별을 매달아두었나

그러나 우리는 어디로도 가지 않으려 했다
그러나 우리는 어디로든 가야 하는 사람들이었다
무례하고도 난폭한 사랑을 밀치고
다만 영원히 오지 않을 시간에
문신처럼 또렷한 손자국을 새기고

| | 한 | 때 | | 품 | 었 | 던 | | 회 | 망 | 의 | | 자 | 리 | 마 | 다 | | 절 | 망 | 이 | | 들 | 어 | 찬 | 다 | . |
| 당 | 신 | 의 | | 이 | 름 | 은 | | 변 | 함 | 도 | | 없 | 이 | | 그 | | 자 | 리 | 에 | | 있 | 다 | . | | |

물의 의도

의도하지 않은 번짐
혹은 물의 의도

아마도 그것이 수채화의 맛

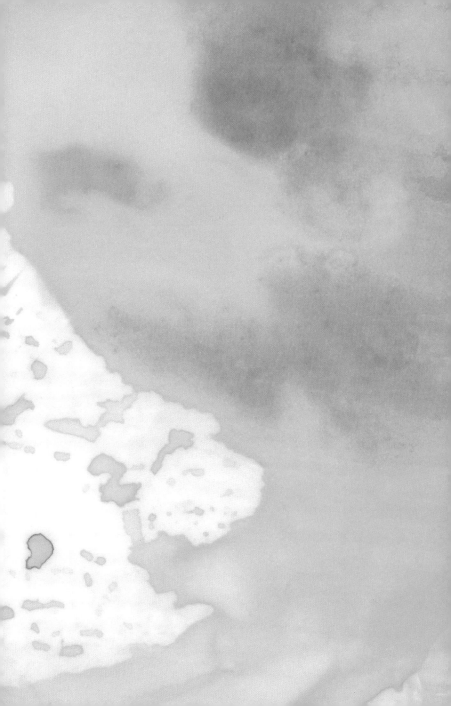

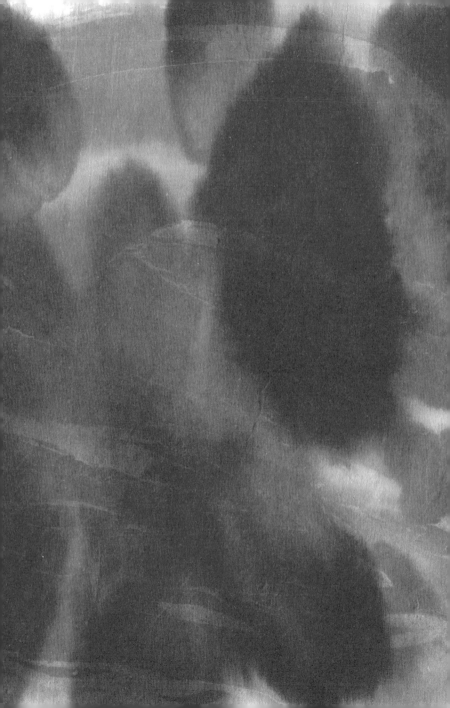

얼룩지다

얼룩: 본바탕의 어떤 부분에 다른 색의 점이나 선이 뚜렷하게 섞인 자국

보이지 않는 것들도 얼룩을 만든다는 것을
네가 아니었다면 나는 알지 못했으리라

이를테면 네가 애써 감추려 했던
삶의 우물 같은 것이나
조그맣게 접어서
내 주머니에 몰래 넣어두었던
하지만 흐려지고 뭉개져 읽을 수 없는 마음 같은 것이
나의 하루 속으로 번져가
얼룩을 만든다

아무것도 아니라는 듯 웃어 보이고
서둘러 집으로 돌아가다가
아주 잠깐 비틀거리는 그 순간,
네가 아니었다면 그리워하지 않았을
축제 같은 나날들이

캄캄한 밤 속에
또렷이 얼룩진다

눈물이나 빗물 때문이 아니라
네가 주고 간 빛 때문에
절망이나 포기 때문이 아니라
네가 놓고 간 희망 때문에

저 혼자 펄럭이고 나부끼는 사랑 때문에
태어난 얼룩들이
점이 되고 선이 되어 번져간다는 것을
그로 인해 어둠이 더욱 깊어지고
세계가 침묵할 수도 있다는 것을

네가 아니었다면
나는 영영 알지 못했으리라

	그	러	니	까		나	는		희	망	을		버	리	지		말	라	는		말		대	신
가	끔		이	런		구	절	로		위	로	를		받	는		것	입	니	다	.		'	울	어	라	ˇ
탄	식	하	라	,	근	심	하	라	,	두	려	워	하	라	.	ˍ	바	흐	,	바	이	마	르		칸
타	타		B	W	V		1	2	번	'														

안전

당신을 평화롭고 편안하게 하는 것. 당신을 지루하고 심심하게 하는
것. 당신을 세상과 격리시킬 크고 단단한 감옥(철창에 달린 쇠창살의
간격이 촘촘할수록 좋다), 그리고 당신을 사람과 격리시킬 무겁고 튼
튼한 자물쇠(열쇠는 멀리 던져버리는 것이 좋다)를 필요로 한다. 그
어떤 사람도 당신의 평화를 방해할 수 없으며, 당신 역시 그 어떤 사
람도 해치거나 사랑할 수 없다. 안전은 안전의 속성을 유지하기 위해
일정한 양의 비밀과 거짓말을 필요로 하지만, 그렇다고 안전지대가
아닌 곳에는 진실만이 서식한다고 말할 수도 없다. (불합리한 처사지
만, 어쩔 수 없다.) 안전한 감옥에서 살다가 죽을 만큼 지루해지거나,
불안전한 세계에서 살다가 죽을 만큼 위험에 빠지거나, 그 어느 쪽도
안전하지는 않다. (부당한 처사지만, 역시 어쩔 수 없다.)

기억하라, 기억하라, 오, 세상이여,
솔직하고 정직한 것은 안전하지 못하다.
_ 셰익스피어, 『오셀로』 중에서

견디다

붙잡아도 소용없다는 것을 인정하는 일. 세상만사도 과거지사도 가는 계절도 가는 사람도 내버려둘 수밖에 없다는 것을 수긍하는 일. 오지 않는 사람은 기다려도 오지 않는다는 것을 받아들이는 일. 보내는 시간과 그리워하는 시간 속에, 지금은 알지 못하는 소중한 것이 있을 거라 믿는 일. 오늘은 주의하고 내일은 기도하는 것밖에, 할 수 있는 것이 없다는 사실에 순응하는 일.

오늘은 주의하라. 내일은 기도하라.
_ *세익스피어, 『헨리 4세』 중에서*

	어떻게		버티고		있나요.	내일은		좀		나아질		거라는,
언젠가		다시		만날		거라는,	가도		아주		가진	않으리
라는		모진		희망으로		견디고		있나요.		당신도		나처럼.

⟍ 밤 열한시

농담

농담(弄談): 실없이 하는 웃음엣소리, 장난으로 하는 말

인생에서 어떤 일은
매우 짓궂은 방식으로 반복된다
만약 당신이 적절한 대처방법을 모른다면
인생의 대부분은
잡을 수 없는 것을 잡기 위한 헛된 노력과
얻을 수 없는 것을 얻겠다는 헛된 희망으로
소모된다

마음을 움켜쥐는 무엇을
가까운 자리로 끌어다 놓을 수도 있을 것 같은 누군가를
몇 번이고 놓치면서도
학습되지 않는 것이 욕망이다

이를테면 당신은 취기를 빌어
누군가를 기쁘게 해주고 싶다는 욕망에 사로잡혀
지키지 못할 약속을 한다

장난처럼 농담처럼 건네는 이야기가
나에게는 파도처럼 들이닥쳤다가 멀어진다

멀어지는 순간의 진실을 응시하는 일 또한
함부로 학습되지는 않는다
몇 번이고 실망하며 마음을 꼬깃꼬깃 접어
당신이 알지 못하는 깊은 서랍 속에 숨겨두는 일이
무수히 반복된다

가끔 그 서랍을 열어보면
당신이 건넨 농담들이 조금씩 움직여
자리를 바꾸었다는 것을 알게 된다
짙어지고 진해져서 바닥으로 가라앉은 것들은
햇살과 바람에 내다 말려도 가벼워지지 않는다
옅어지고 얇어져서 위로 올라온 것들은
손가락 하나만 대어도 바스락, 스러진다

한 알의 먼지로 부서져 먼 우주로 날아가버린 농담과
피처럼 선명한 빛을 띠고 멍울이 맺힌 농담과
당신의 장난 같은 농담을 진실의 약속이라 믿었던
나의

짙어지고 옅어지는 마음이
다 진실이고 다 실없는 장난이다

농담, 진실과 거짓, 또는 그 사이 어딘가, 그 정도
농담, 그리하여 누군가에게는 짙고 누군가에게는 옅은 것,
또는 그 사이 어딘가, 그 정도

농담(濃淡): 짙음과 옅음, 또는 그 정도, 진함과 엷음, 또는 그 정도

그	래	,		진	심	은		통	하	겠	지	.		하	지	만			아	주			많	은			시	간	이	v
걸	릴			수	도			있	어	.		그	래	서			가	끔			거	짓	말	을			하	고			싶	어
지	는			거	야	.																									

세상에 …없다

세상에 쉬운 이별은 없다고 나는 네게 말했다. 만약 그런 게 있다면 이별 이전의 시간은 아무것도 아니었던 거라고, 누가 누구를 기쁘게 한 적도, 누가 누구를 불안하게 만든 적도 없었던 거라고, 그러므로 애써 잊어야 할 감정도 고난히 헤어져야 할 사람도 없는 거라고, 나는 네게 말했다. 이별은 철저하고 또 처절하게 아픔이어야 하는데, 그 아픔에는 따뜻한 공간으로부터 차가운 거리로 내몰렸을 때의 추위 같은 것, 이제 막 혀끝에 달콤하게 닿았던 초콜릿 아이스크림을 성급히 빼앗겼을 때의 서러움 같은 것, 갓 피어나려던 꽃송이가 매서운 바람에 맥없이 꺾였을 때의 분노 같은 것이 고스란히 담겨 있지 않으면 안 된다고, 나는 네게 말했다. 왜냐하면 아픔이란 한때 소유했다고 믿었던 행복이 멀어져가는 것을 바라보면서도, 아무런 저항을 할 수 없을 때 느끼는 감정이기 때문이라고, 나는 네게 말했다. 그러므로 이별이 어려울수록 우리는 행복했던 거라고, 진실에 가까웠던 거라고, 어쩌면 정말로 사랑했던 건지도 모르는 거라고, 나는 네게 말했다.

눈물에 젖은 입술을 깨물며, 길 잃은 강아지를 보듯 슬픈 눈동자로, 그렇다면 이별에 저항해본 적이 없느냐고 너는 내게 물었다. 세상에 쉬운 이별은 없으므로, 쉽지 않은 모든 이별에 대해 어렵게 받아들이는 것에 익숙해졌느냐고, 너는 내게 물었다. 세상에 없는 것을 구해본 적이 단 한 번도 없느냐, 그것으로 괜찮은 거냐고, 너는 내게, 애원하듯, 물었다.
괜찮고 괜찮지 않고는 나의 소관이 아니라고, 나는 네게 말했다. 세상에 없는 것은 없는 것이고, 불꽃같은 사랑도 없는 것을 있게 할 수는 없다고, 나는 네게 말했다. 모든 이별이 쉽지 않았으나, 나는 모든 이별을 통과하였으며, 앞으로도 그럴 수밖에 없다고, 잘난 척하며, 나는 네게 말했다.
집으로 돌아오며, 나는 생각했다. 나도 한 번쯤은, 없는 것을 있다고 믿고 싶었던 날들이 있었다고. 세상에 없다 해도, 있을지도 모른다는 거짓말로, 너를 또 나를 속이는 것이 나았을 거라고. 세상에 없는 것들에 대해 조금씩 알아가는 일, 하나도 기쁠 것이 없다고.

나는		언제		어디서나			쉽게		불행해지는				법을		알고
있다.		나는		왜		행복하지			못한가,			하고		질문하는		것
이다.															

구하려는 것이

구하려는 것이 새로운 사랑이 아니어서

나는 당신의 낡음을 날마다 닦는다

건조하고 무거운 날개와 성스러운 갈망에

차고 고요한 입김을 불어

지치고 반짝일 때까지

잦은 무심함과 어쩌지 못하는 상처에

푸드득 나비 같은 먼지가 날아오르고

숨이 막혀 울음을 터뜨릴 때까지

낡은 당신을 오래오래 나는 닦는다

원하는 것이 쓰디쓴 진실이어서

모든		기회는		오직		단		한		번	.	두		번째		기	회	에	는	˅
이	미		두		번	째	라	는		전	제	가		있	으	므	로	,	첫		번	째	와	는	
완	전	히		다	르	다	,		라	는		생	각	.		그	러	므	로		처	음	은		좀		더	˅
무	모	해	도		좋	은		것	.																

거품이 흘러넘치지 않도록

그날 햇살이 반듯하게 내려앉은 광장에서
이른 맥주를 마시던
너를 나는 알고 있어

무엇을 해도 하지 않아도
어디를 가도 가지 않아도
어떤 말을 해도 혹은 하지 않아도
다 괜찮았던 시간들이
숨을 죽인 채 그러나 규칙적으로 흐르고 있었어

우리에게 주어진 시간이 곧 끝나리라는 것을
우리는 둘 다 잘 알고 있었고
어쩌면 내내 그 생각만 했을지도 몰라
하지만 어떻게 헤어질 것인지
헤어지고 난 다음에는 또 어떻게 할 것인지
누구도 말하지 않았어
우리 둘 다 몰랐기 때문에

누군가를 기다리고 있는 여자의 뒷모습이라거나
거리에서 흘러나오던 집시의 노래라거나
바다 건너의 소식 같은 것들에 대해
두서없는 이야기를 주고받으며

마치 그곳에서 태어난 사람들처럼
마치 그곳에서 자라난 사람들처럼
마치 영원히 그곳을 떠나지 않을 사람들처럼

너는 신문을 사고
나는 훈제 소시지를 고르고
시장에 들러 작은 물고기들을 구경했어

그리고 햇살이 조금씩 기울어가는
사람들이 집으로 돌아가는 광장에서
거품이 흘러넘치지 않도록 조심하며
한 모금씩 맥주를 마시던 너를
나는 알고 있어

가끔은 미치도록 그리웠다
우리가 남겨놓고 온

빈 잔 바닥의 거품이 그려내던
헛된 무늬들이

모든 것을 바랄 수 있었고 또한
아무것도 바라지 않아도 괜찮았던
완벽했던 그 하루가

| 인생에는 | | 돌이킬 | 수 | 없는 | 것이 | 너무나 | 많지만, |
| 모든 | 것은 | 어떻게든 | 제자리로 | 돌아가려 | 하고. | | |

√ 밤 열한시

망각으로부터 온 편지

나, 망각. 단 한 번도 당신을 실망시킨 적이 없는, 당신의 마지막 친구. 태양처럼 선명하고 눈처럼 순결한 존재. 당신의 텅 빈 심장을 겨냥한 나의 화살을 본 이는 아무도 없으리라. 당신은 미처 의식하지도 못한 채 나의 화살에 의해 마비되고 당신에게 틀림없이 일어났던 그 일을, 잊는다.

나는 빛보다 빠르게 당신의 기억을 낚아채어 가는 소매치기, 그러나 당신은 당신이 상실한 것이 무엇인지 알 수 없으므로 나를 뒤쫓을 수 없으리라. 그토록 희미하고 추상적인 느낌만으로 나의 존재를 인식하는 것은 불가능한 일, 그러므로 당신은 죽는 날까지 내 얼굴을 볼 수 없으리라.

그러나 만약 당신이 남달리 예민한 사람이라면, 어느 날 문득 노중에서, 한없이 가까워지고 한없이 멀어지는 하늘을 올려다보다, 언젠가 당신이 소유했던 무한의 갈망, 무한의 의지, 무한의 절망, 무한의 슬픔, 같은 것의 가닥, 같은 것의 세포 하나가 당신의 가슴을 세차게 치는 것을 느끼게 될 것이다. 마치 소복하게 쌓인 눈, 아래의 깊은 땅, 속에 숨어 있는 하나의 씨앗, 같은 것이 꿈틀거리는 것을. 그런 경험은 당신에게 무척이나 무거운 갈망, 무거운 의지, 무거운 절망, 무거운 슬픔을 가져다주겠지만, 그러나 겁먹지 말라.

나, 망각, 당신의 마지막 친구는 당신을 실망시키지 않을 테니. 시간으로 단단히 벼려진 나의 화살은 당신의 심장을 향해 정확하게 날아갈 테니. 당신이 미처 의식하기도 전에.

잊	는	다	는		것	은		그		일	이		실	제	로		나	에	게		일	어	난
것	이		아	니	라	고		생	각	하	게		되	는		건	지	도		몰	라	.	어	떤
코	드	에		의	해		불	쑥		떠	오	른		기	억	이		더		이	상		나	를
해	치	지		못	한	다	고		느	끼	는		것	.									

이별

사랑은 결합하고 이별은 부순다. 그러나 이별은 사랑의 반대말이 아
니다. 이별은 사랑을 부숨으로써 사랑의 생생함을 극대화한다. 절망
이 행복을 치열하게 만들고, 슬픔이 기쁨을 증폭시키는 것처럼. 그러
므로 이별은 사랑에서 필수불가결한 요소이다. 이별을 겪지 않은 사
랑은, 다가서는 사랑이 아니라 멀어지는 사랑이며, 끌어안는 사랑이
아니라 밀어내는 사랑이다. 이별은 간혹 사랑을 과대평가하기도 하지
만, 사랑의 불순물을 걸러내는 데는 그만한 것이 없다. 이별은 또한
사랑의 마지막 카드로 흔히 사용되는데, 이 카드를 받기 전까지는 아
무리 현명한 자도 사랑의 향방을 짐작조차 할 수 없다.

우리의 이별은 머무르는 동시에 날아가는 것
당신은 이곳에 존재하는 동시에 나와 함께 있는 것
그러므로 나는 이곳을 떠나는 동시에 당신과 함께 있는 것
_ 셰익스피어, 『안토니와 클레오파트라』 중에서

꼼짝도 없이

무언가를 바라본다는 건
쓸쓸한 일이라는 것을

사로잡히면 잡힌 대로
밀어내면 밀려나는 대로
온통 고스란히 겪을 수밖에 없다는 것을

알았다
숨도 쉬지 못하고
꼼짝도 없이
바라만 보다가

	닫	힌		문	은		언	젠	가		열	리	고		열	린		문	은		언	젠	가		닫
힌	다	.		다	만		이		문	은		밀	어	야		열	리	는		문	인	가	,		당	겨	야
열	리	는		문	인	가	.																			

그놈의 세월은

밤에 잘라고 누워 있으면 시계가 째깍째깍 하는데, 나 돌아갈 때 다
됐다고 쉬지도 않고 째깍거리는 거 같어
그놈의 세월은 고장도 안 나지
그놈의 세월은 고장도 안 나여

오후 두 시, 동네 수영장, 탈의실에서 나이 지긋하신 아주머니들의
대화를 엿듣다.

조지프 캠벨이 말했듯 인생의 오후에 도전해오는
것은 삶이 아니라 죽음. 도무지 알 수 없고 예측
할 수 없는 것과 싸워야 하니, 나는 너의 도움이
절실한 것.

환상

믿을 수 있니? 아주 어릴 때부터, 난 그 노래를 불렀어. 수많은 밤들과
또 수많은 낮들이 폭풍우처럼 밀어닥쳤다가 밀려가는 어린 생의 바닷
가에 앉아, 중력과 시간에 저항하며, 단 한 사람을 기다렸던 거야. 나
를 지탱하고 있던 세계는 모래알처럼 부질없고, 서로를 끌어당기는
점성도 밀도도 없어, 조금만 휘청거리면 스르르 빠져나가고 말았지
만, 그래서 나는 자꾸만 캄캄한 동굴 같은 곳으로 가라앉고 있었지만,
그래도 노래를 멈추지 않는다면, 누군가 와줄 거라고 믿었어.

아직 시작되지 않은 사랑의 페이지를 펼쳐놓고, 내가 알지 못하는 누
군가의 부드러운 눈빛을 상상할 때, 거품 같은 희망으로 나는 어쩌면
행복했는지도 몰라. 그리고 마침내 당신이 나를 찾아와, 나는 더 이상
혼자가 아니라고 말해주었을 때, 동굴을 벗어나 비로소 환한 세상을
만난 거라고, 나는 또 믿었어.

그러나 어찌된 일이었을까. 당신이 쥐여준 희망은 믿을 수 없을 만큼
위태로웠고, 나의 심장은 참을 수 없을 만큼 나약하여, 그 어디로도
움직일 수 없었던 우리의 사랑. 내가 죽어 당신이 되거나, 당신이 죽
어 내가 되거나, 우리 둘이 죽어 하나가 되는 것 말고는 아무것도 아
닌 사랑. 오로지 하나가 되기를 원했고, 그래야만 했던 사랑. 그렇게
해서, 결국, 그 이야기의 끝은, 빛의 폭발, 모든 것이 날아가고, 당신

과 나도 빛의 입자로 산산이 부서진 거야.

그날 이후에도, 날들은 내가 알지 못하는 곳을 떠돌고, 내가 잡았다고 생각했던 것들은 모래알로 빠져나가고, 나는 여태 동굴 속에 갇혀 있는 것 같아. 하지만 이제 나는 하나의 창을 갖게 되었어. 내가 알지 못하는 누군가가 아니라, 내가 아는 당신의 얼굴이, 그 창밖을 서성이지. 그래서 난 기다림을 멈출 수가 없어. 당신이 돌아와 나의 삶을 밝혀주리라는, 그 두려운 환상을 그칠 수가 없어. 믿을 수 있니? 나는 아직도 노래를 부르고 있다는 걸.

	나는		지구		같은		사람을		품고,		현기증을			느끼며
매일		한		바퀴를		돌고,	어제와		흡사한		그러나		완전	
히		다른		오늘의		중력에		안도한다.		이것		역시		꿈일
지도		모르겠다.												

죽어도 사람을

대지가 얼어붙고 쌓인 눈 단단해지는 날에는

우리는 조금 더 가까이 있어야 해요

삶의 가장 고요하고 깊은 곳까지 북풍이 넘나들 때면

사람은 사람의 손을 잡아야 해요

사납고 거친 생각들로 소란한 밤과 낮에는

서로의 심장 끝에 닿도록 마음을 뻗어야 해요

이리 길고 한없는 겨울에는

따뜻한 눈빛을 안간힘으로 바라봐야 해요

어쩌지 못해 누군가 떠나고 누군가 남는다 해도

남은 온기 끌어안고 싸워야만 해요

죽어도 사람을 놓지 말아야 해요

내가 서툴고 불안해 보였나요. 그건 내가 진심이었단 증거입니다. 소중하지 않았다면 왜 그토록 마음을 기울였겠어요. 망설이고 비틀거리고 안절부절못하면서.

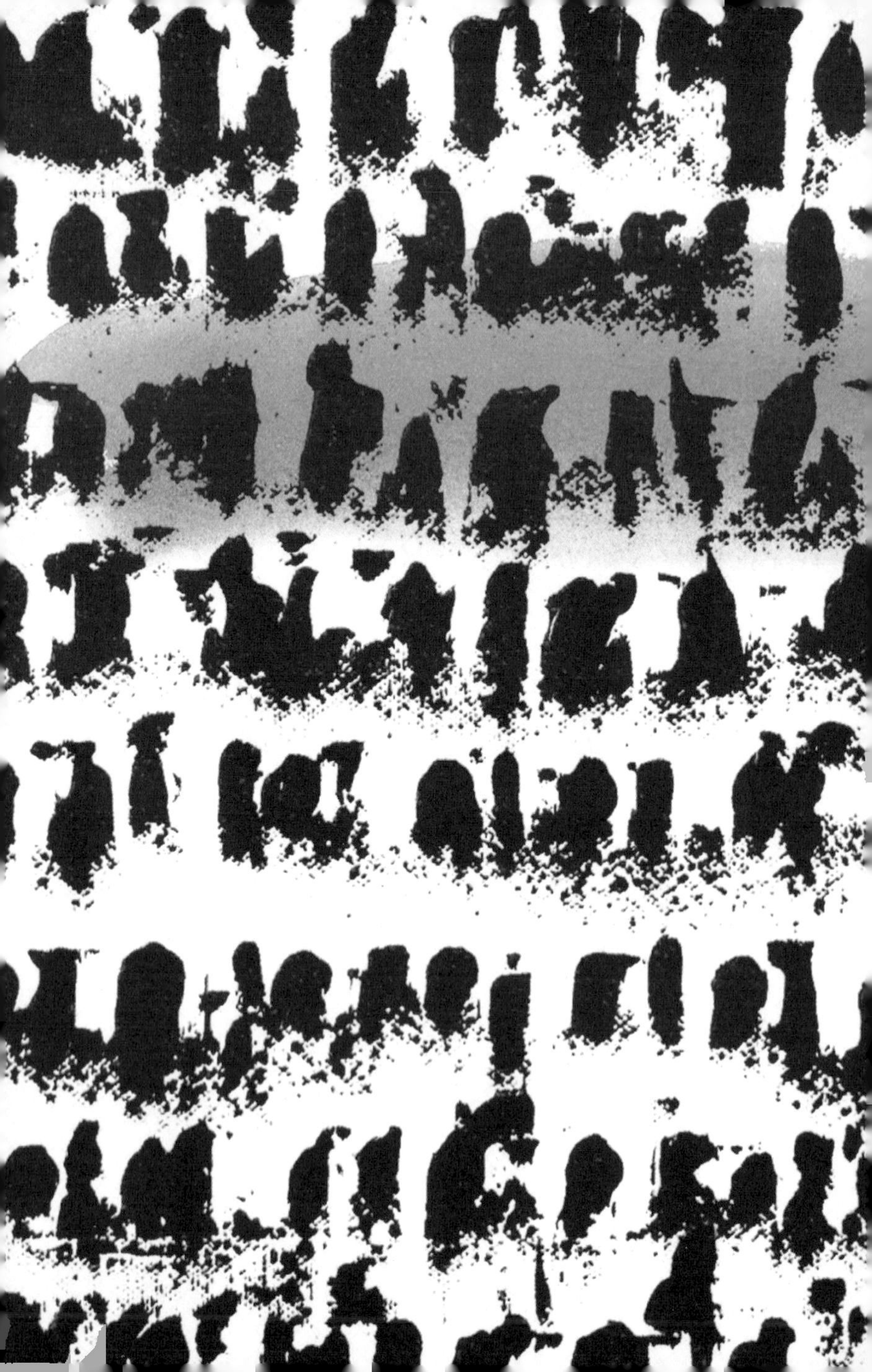

모범생

나는 너무나 모범생이어서 모범생들을 사랑할 수밖에 없었지. 그런
두 사람이 만나 불꽃이 튀어 올랐어도 모범생답게 못 본 척했지.
지적이면서도 감각적인 생명체를 만난다는 게 얼마나 힘든 건지
그대는 알아? 난 조금 알 것 같은데. 뒤늦게 그대를 만나 혹은 뒤늦게
그대를 보내고 난 후에.

어떻게 시작하는 걸까? 마지막 노래는. 마지막
이야기는. 마지막 사랑은. 마지막 인사는. 세상의 모
든 마지막은.

힘을 빼고

어제 수영을 하다가, 아주 불현듯, 내 몸이 물과 뒤섞이고 있다는 느낌을 받았다. 아아 힘을 **빼야** 하는데 하면서도 방심하는 순간 물이 나를 잡아먹을 것 같아서, 그러니까 말하자면 물을 완전히 믿지 못해서 어딘가에 힘을 주고 있었는데, 내가 힘을 주면 물도 힘을 준다는 깨달음이 온몸으로 왔다. 물살을 가르는 팔에 힘을 **빼자** 물은 아무런 저항도 없이 나를 감싸고 떠올리고 밀어갔다. 내가 힘을 주면 힘을 주는 만큼 물도 단단해지는 거였다.

내가 너를 지배하거나 강요하지 않고, 네가 나를 판단하거나 뜻대로 움직이려 하지 않고, 밀거나 당기며 서로의 감정의 무게를 재보지 않고 흘러가는 일. 길어지고 깊어질수록 단단해지는 것이 인연이라 믿었는데 그게 아닐지도 모르겠다. 깊어질수록 부드러워지고 모든 경계가 사라지는 것. 그런 인연이라면 영원이 가능할지도 모르겠다.

	수	많	은		시	간	을		함	께		보	내	고		서	로	에	게		익	숙	해	질	
만	큼		익	숙	해	졌	어	도	,		여	전	히		상	대	의		예	민	함	을		세	심	하
게		살	펴	,	한		걸	음		가	까	이		가	고		한		걸	음		뒤	에		있
을		때	를		가	리	는	,	그	런		관	계	가		나	는		좋	은		것	이	다	.

하루가 갑니다

하루가 갑니다,
다행히,
나는 길 위에서,
오래도록 소실점을 응시합니다

당신의 우주가 나의 우주와 만나, 충돌하고 산산
조각 나고 다시 생성되어, 우리는 새로운 우주에서
아주아주 오래도록 행복할 것 같았던, 그때.

아무쪼록

사람들과 '저녁을 마시고'(이 표현은 나의 것이 아니라 오래전에 누군가 내게 말해준 것인데) 금요일 밤의 홍대를 가로질러 집으로 걸어오는 길. 손을 잡고 걷는 다정한 연인들을 눈웃음으로 지나쳐오다 문득, 어느 골목 안, 한 무리의 친구들이 다 같이 지르는 눈부신 소리를 듣는다. 울컥. 불현듯 지나간 시절이 밀려와 어질어질.

질투할 일은 없다. 나도 한때 누렸던 날들이었으니. 공정한 시간의 흐름을 어찌 불평하랴. 시끌벅적한 길들을 지나 강변으로 접어들어 온몸으로 호흡하며 걷는다. 걷다 지치면 강으로 뛰어들어 헤엄도 치다가 또 지치면 팔랑팔랑 날아가면 안 될까 공연히 투정도 해보며.

작은 불 하나 켜둔 집. 오늘도 마음을 칠 일은 일어나지 않았으니, 고마운 거야.

잘 자요. 아무쪼록.

가	장		좋	은		건		하	루	가		가	는		일	이	라	던		정	현	종		시
인	의		말	씀	이		떠	오	르	는		날	은	,	뭔	가	를		참	아	낸		날	이	다
하	나	의		강	을		건	너	듯		밤	을		건	너	면	,		뭔	가	는		이	미		강
저	편	에		있	으	리	라	.																	

어제

가끔 우연히 만나도 괜찮은 사람을 우연히 만나
밤이 깊어질 때까지 노래를 불렀다
동그란 섬처럼 떠 있던 그대와 나는
이제 할 수 있는 말이 없어서
노래만 불렀다
기타 소리가 조금씩 높아질 때마다
켜켜이 쌓여 있던 세월이 조금씩 무너졌다

그때 그 말을 했어야 했는데
집으로 돌아와 나는 생각했다
하지만 생각해보면, 하지 않았어도 괜찮은 말이었다
기묘한 일이지만
인생은 그런 것과 상관없이 흘러갈 때가 있다
어떤 일이 일어나도 혹은 일어나지 않아도
저 혼자 자기 갈 길을 가버린다

꽃 같은 얼굴로 그대와 나를 빤히 바라보았던
오늘은 어제가 되고

어제는 또 어제의 어제가 되고
어제의 어제는 과거가 된다

나는 잊었고 그대는 기억하고 있는 일이라거나
그대는 잊었고 나는 마음에 두고 있는 약속 같은 것
애써 들추어내어 맞춰볼 생각은 없었다
다만 그때의 그 마음은 어디로 가버렸나
어제의 그 마음은, 또한 지금의 이 마음은, 어디로 갈 것인가
잠깐 고개를 숙이고 생각한다

가끔 우연히 만나도 괜찮은 사람은
또 우연히 만날지도 모르지만
우연히 만나지 않아도 괜찮겠지만
어제 안에 두고 온 무엇인가를
잊어도 좋은 건지 아닌지 알 수는 없지만

빛으로 색이 바래듯
시간으로 기억이 바랜다
그러니 먼 훗날 누군가 내게
왜 잊었느냐고 묻는다면

아마 이렇게 대답해야 하리라

그것 말고는 할 수 있는 것이 없었다고

시간이란				약의		성분은			망각과			포기인지도				몰라 |.
얼마나			아팠는지			잊어버리고,				흉터는			어쩔		수	없다
고		생각하는			것.											

뭐가 어떻게 되어도

뭐가 어떻게 되어도
그림을 그릴 수 있는 날은 행복하다
누구에게도 무엇에도
폐 끼치지 않고 행복해질 수 있다는 사실이
기쁘다

다음		세	상	에	선		연	필	로		태	어	나	야	지	.	그	럼		내	가		뭘
해	야		하	는	지	,		뭘		해	면		안		되	는	지	,	알		수		있	을		거
야	.																						

√ 밤 열한 시

기다리는 시간

오지 않는 무엇을 기다리며
나는 무얼 할까 하다가
커피콩을 간다

입을 앙 다물고 단단히 몸을 사린
콩의 완고한 저항이
손끝에서 느껴진다

오지 않으려는 사람을 기다리며
나는 어떻게 할까 하다가
완고한 시간을 갈아 가루로 만든다

주먹을 쥐고 두드리는 것만으로는
꿈쩍도 하지 않는 세계의 벽과
싸운다
주먹으로 두드리는 것 말고는
할 수 있는 게 아무것도 없어서

조그만 멍 하나

주먹 아닌 마음에 맺힌다

입을 앙 다물고 단단히 몸을 사린 채

영영 풀리지 않을 작정을 하고

커피가 다 식을 때까지

오지 않는 사람은 오지 않는다

기다리는 시간 동안 나는

기다리는 마음을 간다

마음이 다 식을 때까지

오지 않는 사람은

끝내 오지 않으려 하고

| | 사 | 람 | 을 | | 마 | 음 | 에 | | 깊 | 이 | | 품 | 으 | 면 | | 부 | 르 | 거 | 나 | | 고 | 프 | 다 | . | 체 |
|하|거|나| |허|기|가| |진|다|.| |호|흡|은| |평|온|하|지| |않|으|나| |영|혼|
|은| |금|이| |갈| |것|처|럼| |투|명|해|진|다|.| |그|것|이| |좋|기|도| |하|
|고| |무|섭|기|도| |하|다|.| | | | | | | | | | | | | | | |

↓ 밤 열한 시

비록

비록 덜 사랑하는 자가 권력을 가질지는 몰라도
사랑이 행하는 일을 온전히 겪는 사람은
더 사랑하는 자이다
정말 아름다운 일은 그다음에 일어난다

	삶	이		삐	걱	거	리	는		건	,	그		잔	뼈	들	이		조	금	씩		어	긋	나
는		건	,	아	마	도		다	시		맞	춰	지	기		위	해	.							

시간의 속도

혹시 나, 보고 싶었어?
여자가 그렇게 말한 순간, 시간이 멈췄다
밤 열 시 십 분 전이었다

실제로 시간이 멈춘 것은 아니었다
다만 믿을 수 없을 정도로 느리고 무겁게 흘러가고 있을 뿐이었다
그러나 그 느리고 무거운 시간은
여자의 손에 수갑을 채우고, 여자의 입에 재갈을 물리고,
여자의 발을 질긴 밧줄로 묶어놓기에 충분했다

그들이 그 카페에 앉기 전부터
어쩌면 그들이 만나기 훨씬 전부터 벽에 걸려 있었을 그 시계는
고장이 난 게 틀림없다고 여자는 생각했다
하지만 시계는 시계다운 성실함과 규칙에 의해
틀림없이 움직이고 있었다
시계는 시계가 만들어지기 훨씬 전
지구가 태어나기 훨씬 전부터 시작된
시간의 엄격한 규칙을

세심하게 다루기 위해 만들어졌으므로

백 년 혹은 천 년쯤의 시간을 짊어진 분침이
겨우 한 칸을 옮겨 갔다
그의 대답은 돌아오지 않았다
그에게는 다만 일 분이었으나
여자에게는 모든 기다림이 응축된 시간이었다

그를 만난 이후 모든 것이 뒤죽박죽된 이유를
여자는 겨우 알 것 같았다
시간의 속도 때문이었다
그에게는 빠른 시간이 여자에겐 느리고
여자에겐 느린 시간이 그에게는 빨랐다

여자는 툭하면 숨이 가빠졌고
걸핏하면 마음이 가빠졌다
뛰거나 멈춰 서서 기다리거나
여자가 할 수 있는 일은 그것밖에 없었다
처음부터 속도 자체가 달랐으므로
그를 납득시킬 방법도 이유도 없었다

그렇다 해도
여자는 아무런 항의도 하지 못한 채
꼼짝도 하지 못하고
백 년 혹은 천 년의 세월을 감당해야만 했다
손발은 묶여 있었고
입에는 재갈이 물려 있었으므로

밤 열 시 구 분 전이었다
아무리 느리고 무겁게 흘러가도
흘러가는 것은 흘러가는 것
돌아갈 수 있는 길은 없었다
하지 않았어야 했던 질문을 기어이 내뱉었던
밤 열 시 십 분 전으로는

당신이		내	마음을		재보기		위해		나의		심장에		온
도계를		밀어		넣는		순간,		내		열정의		온도는		1도쯤
떨어질		것이다. 그			1도가		모든		것을		바꿀		수도	
있다.													

↘ 밤 열한 시

still

너를 생각하면,
흘러가던 것이 멈춰 선다,
문득 바람이 멎고,
문득 시간이 정지한다,
마음속에 단단히 고정된,
너의 노래들은 하나의 음표 안에,
고스란히 발이 묶인다,

함께 있지 않아도 살아갈 수 있던 사람들끼리,
만나버렸으므로,
나는 네게로 너는 내게로,
가고 와야 했던 날들이,
있었다, 언젠가 내가 있었던,
그러나 지금은 없는,
그 카페에서 아직도 나를 기다리고 있다는,
편지를 받고 나는,
울기도 했지만,

아무것도 하지 않아도,
멈춰 섰던 것들은 흘러간다.

가슴에 튼튼한 풍경 하나 걸어두고,
나는 여기서 너는 거기서,
함께 있지 못해도 헤어질 수는 없는 사람들끼리,
이리저리 흔들리고 휩쓸리며,

낮은 라 플랫을 닮은 너의 목소리가,
흐르다 멎을 때마다,
멎다가 흐를 때마다,

문득 걸음을 멈추고,
아직도

	묶	어	둔		시	간	의		봉	인	이	나		막	아	둔		기	억	,	감	춰	둔		마
음		같	은		건	,		너	무	나		자	주	,		단		한		곡	의		음	악	으	로
풀	려	버	린	다	.		순	간	의		총	체	적		기	억	은		사	진	이	나		글	이
아	니	라		음	악		속	에		저	장	되	는		건	가		보	다	.					

↙ 밤 열한 시

꽃과 창

꽃과 창이 있으면

작고 초라한 방도 작고 초라하지 않아

그 어떤 삶도

작고 초라하지만은 않아

꽃과 창이 있으면

	우	린		내	일		일	은		생	각	하	지		마	요	.	그	건		너	무		멀	고	⌄
너	무		벽	차	고		아	직		우	리	의		것	도		아	니	니	까	.		무	슨		일
이		일	어	날	지	도		모	르	니	까	.	무	슨		일	이	든		일	어	날		테	니	
까	.																									

기억

육체에 새겨지고 마음에 엉켜 붙는 것. 오고 싶을 때 왔다가 가고 싶을 때 가는 것. 제대로 익히면 말랑말랑하고 따뜻한 추억이 되기도 하지만, 방심하면 시큼한 냄새를 풍기며 끈적거리는 것. 그러나 기억이 빠져나간 시간, 장소, 물건은 아무것도 아닌 것이 된다. 아무것도 아닌 것을 소유할 수는 없으므로, 우리는 그 시간과 장소에 존재한 적이 없었으며, 그 어떤 물건도 소유했다고 말할 수 없다. 기억을 잃어버리면, 가난해진다. 가난해지면, 쓸쓸해진다.

사랑 때문에 저지른 어리석은 짓을
모조리 기억할 수 없다면
당신은 사랑에 빠진 적이 없는 것입니다.
_ 셰익스피어, 『당신이 좋으실 대로』 중에서

늦	은		밤		사	람	을		보	내	고		마	지	막		전	철	을		타	고		돌
아	오	다	가		누	군	가	의		굽	은		등	을		스	케	치	한	다	.	밤	은		깊
고		집	은		멀	고		봄	의		기	억	은		파	도	처	럼		밀	려	오	고		있
었	다	.																						

밤 열한 시

섬

나는 그대를 위하여 섬이 되었으니

그대가 부르지 못한 노래들과
그대가 이르지 못한 길들이
다 여기 있으니

이른 아침의 반짝이는 물결과
늦은 저녁의 차오르는 달빛이
다 이곳에 있으니

언제까지나 기다리는 마음도
날이 갈수록 푸르러지는 기억도
다 내 안에 있으니

오는 길 가는 길 마음에 벅차
걸음을 멈추거나 돌리거나 재촉하여도

나는 그대를 위한 하나의 섬이니

아무 데도 닿지 않고

이렇게 흔들리고 있으니

	너	무		쉽	게		연	결	되	어		있	어	서	,	너	무		쉽	게		끊	어	질	까	˅
봐		불	안	한		것	인	데	.		너	무		쉽	게		잊	을		수	는		없	을		것	˅
같	아	서	,	억	울	한		심	사	가		되	는		것	입	니	다	.								

↙ 밤 열한 시

나와 별개로 너를 존중한다는 것
너와 타인, 너와 세계의 관계에서 옳은 선택을 하고
쉽게 포기하지 않으리라는 것을 확신하는 것
믿음이란

찬바람에. 맨얼굴로. 기어이. 피어나려고.
애쓰고 있을. 꽃들에게서.
희망을. 수혈받는다

혼자가 아닌 시간이 내게도 있었어
방울방울 즐거웠고 두근두근 불안했지
사실 완전을 생각한다면 둘보다 혼자가 나을지도 몰라
만약 내가 원하는 것이 완전이라면 말이야

내 인생에 무상으로 주어진 것들,
이를테면 햇살이나 새벽의 바람, 기대하지 않았던 배려,
우연히 만난 맛있는 음식,
걸음을 옮길수록 가까워지는 길과 집들에 대해 집중하는 법을,
여행은 늘 가르쳐준다

일생의 반을 변하는 것들과 싸우고,
일생의 나머지 반을 변하지 않는 것들과 싸운다
무서운 건 습관이다

오월의 기도는 무언가 부서지지 않도록
무언가 달아나지 않도록
발뒤꿈치를 들고 조심조심
피고 지는 것들과 오고 가는 모든 것들에 감사와 경의를 표하며

spring rain

Mar. Apr. May.

확신

나는 너의 은밀한 그림자다
나는 너의 밤을 지키는 파수꾼이다
나는 너의 조각난 심장을 꿰매는 재봉사다
나는 너의 눈물로 시를 짓는 시인이다

나는 가장 여리고 비밀스러운 너의
마음 근처를 서성이며
너의 절망을 훔쳐 감옥에 가둔다
네가 걷는 길을 앞질러 괴팍한 돌부리를 치우고
너의 뒤를 밟으며 흔적을 줍는다

너의 삶과 너의 소망, 네가 방심하고 지나친 하나의 순간까지
나는 기억한다
내가 기억한다
네가 마음 놓고 삶을 방황할 수 있도록
네 삶의 지도와 나침반을 품고

그러므로 나는 너와

네 단 하나의 인생을 노래하는 가수다

그리하여 너는

내가 살아 있다는 증거,

내가 살았다는 영원한 확신이다

	삶	을		나	눠		가	지	는		사	람	들	끼	리		끝	없	이		해	야		할	
질	문		하	나	.		너		어	디	로		가	고		있	니	.		나		어	디	로		가	고
있	니	.	우	연	이		쌓	여		운	명	이		되	는		것	이	므	로	.				

흔적

꽃은 나날이 시들어가 이제 모든 수분이 빠져나갔다. 나는 꽃의 죽음에 홀려 몇 장의 그림을 그린다. 꽃이 잃어버린 물기가 이미 죽은 꽃 속으로 한껏 빨려 들어갔다가 이내 말라간다. 섬세하게 갈라진 깊은 주름과 시간의 얼룩들. 어느 하나 같은 모습이 없고 어디 하나 같은 색채가 없다. 한때 아름다웠던 흔적은 아름다움보다 무겁다.

해	질		무	렵	의		강	변	을		걷	습	니	다	.	저	무	는		것	이		이
리		아	름	다	운		줄	은		몰	랐	습	니	다	.	우	리	의		시	간	도		나	의
시	간	도		이	렇	게		저	물	면		좋	겠	습	니	다	.		이		정	도	의		속	도
와		온	기	로	.																				

밤 열한 시

두근두근

김치는, 뭐랄까, 두근두근이다.

어젯밤 절여놓은 배추가 좀 얌전해졌다. 홍고추, 마늘, 생강, 젓갈을 함께 간다. 고춧가루는 아주 조금만 넣는다. 배 반 개와 양파 하나를 갈아 양념에 섞어 단맛을 낸다. 설탕이 들어갈 자리는 없다.

배추 속 사이사이 양념을 조심스럽게 밀어 넣고 멸치와 다시마로 우려낸 육수와 찹쌀가루로 쑨 풀을 섞어 붓는다. 물김치는 아니지만 자작하고 달큰한 국물맛이 일품인, 백김치와 물김치와 배추김치 사이 어딘가의 김치.

큰 통을 하나 채워 냉장고에 넣고 작은 통 하나는 밖에 내놓는다. 어떤 맛을 낼지 익기 전까지는 모른다는 이유로 김치 담그기는 매혹적이다. 저마다 다른 세계에서 온 배추, 소금, 젓갈 하나하나가 각자의 역할을 다하면서 또 어우러질 때, 응, 그런 것.

두근두근.

해마다	오는	봄이	해마다	신기하다는	것이	신기
해서, 나는	오늘	푸른	것들을	잔뜩	샀다. 애플민트,
노란	꽃이	핀	화분, 그리고	취나물. 다시	시작하는
것들의	푸른	회망이	이렇게	순진하다.		

봄비가 내렸다

하루나 이틀쯤 새순이라도 돋아나려는 듯 마음이 움찔거리더니
기어이 비가 내렸다
내릴까 말까 한참을 망설이고 난 뒤에 마침내 결심을 하고서는
마치 내리지 않는 척 보들보들 그러나
침착하고 끈질기게 맨 땅을 적셨다

까만 바탕에 하얀 별이 그려진 우산을 받쳐 들었지만
내 얼굴을 보고 내 손을 만지려는 것처럼
우산 아래로 자꾸만 비집고 들어오던 비
어두워진 거리, 가로등 주위에서 나비처럼 날아다니던 비

예고도 없이 울적해졌다가 또 부풀어 오르는 마음을
어쩌나 저쩌나 하며 우리는 어깨를 맞대고 작은 술집에 앉아 있었다
편의점에서 아이스크림 하나를 나누어 먹고 헤어져
집으로 돌아오는 길
네 어깨 위로 몽실몽실 내려앉을 비와
내 마음에 송글송글 맺히는 비가
언젠가 어딘가 같은 뿌리에서 나왔음을 기억했다

더 이상 우리를 춥게 하지 못하는 비였다

가까이 다가서도 무해한 비였다

짧은 한숨과 수줍은 망설임을 부드럽게 만지작거리는 비였다

침대에 누워 이불을 덮고서도 간질간질

마음 한쪽에 눈물처럼 맺히는 비였다

봄비였다

	나	는		아	직	도		살	아		있	고	,	기	어	이		살	아		있	고	,	황	홀
하	게		살	아		있	고	,	봄	날	의		속	살	처	럼		연	약	하	게		살	아	
있	으	니	,	우	리	는		사	랑	을		하	자	.											

아직 겨울인 나무의 이른 봄빛

아직 겨울인 나무에게 이른 봄빛이 찾아왔다
나무는 조금 놀라고 조금 부끄러운 것처럼 보인다
아직 준비가 덜 되었는데
하고 생각할지도 모르겠다

겨울 동안 딱딱하게 굳어 있던 가지를 이리저리 뻗어보다가
행여 봄의 여린 빛이 떨어져 나갈까
가벼운 한숨을 쉬며
나무는 뿌리로부터 차올라 오는 물길의 속도를 가늠해본다

저 아래, 깊은 땅 속 어딘가
나무가 힘차게 빨아들여야 하는 물의 길이 있다
가장 작은 가지의 끝까지
물의 길이 열려야만
나무는 새로운 잎과 꽃을 피워 올릴 수 있다

나무의 몸에 새겨진 긴 겨울의 흔적이 쉽게 지워질 리는 없다
춥고 외로웠던 기억이 쉬이 잊힐 리는 없다

지나간 몇 번의 봄이 모두 꿈이었다고
떠난 것들은 다시 돌아오지 않는다고
몇 번이나 절망으로 마음을 동여매었던 나무에게
이르게 찾아온 봄빛은
조금 수줍고 조금 미안해하는 것처럼 보인다
너무 늦은 건 아니겠지?
하고 생각할지도 모르겠다

하늘하늘 눈송이 같고 꽃송이 같은 봄의 빛이
굳은 가지 위에 내려앉는다
꽃이 아니고 잎이 아니어도
그리 보드랍거나 그리 아름답지 않아도
봄빛은 천진하게 웃는다
어디에나 굴러다닌다

꽃은 채 피우지 못했어도
작은 잎 하나 여태 매달지 못했어도
이제는 봄을 믿을 수 있겠다고
나무는 생각한다
나도 생각한다

네가 있는 곳에 내가 먼저 가서
이른 봄빛이 되었으면 좋겠다고
내가 있는 곳에 네가 먼저 와서
어울려 따뜻한 무엇이 되었으면 좋겠다고

봄	은		시	속		구	백		미	터	로		오	고		벚	꽃	은		초	속		오
센	티	미	터	로		떨	어	진	다	.		사	랑	은		빛	의		속	도	로		온	다	.

↓ 밤 열한 시

무모하게도

그리하여 나는 무모하게도 태어나
무모하게도 살아왔으나

하늘에 높이 올려둘 별처럼 빛나는 역사도 없었으나
무덤을 열고 파묻은 은밀한 비밀도 없었으나

발가락마다 물집이 잡히고 손가락마다 굳은살이 박히도록
열심히 좇았던 꿈도 희망도 없었으나

나의 슬픔은 심장이 잠길 정도로 깊어지지도 않았으나
나의 기쁨은 그믐밤을 밝힐 정도로 눈부시지도 않았으나

그리도 무모하게 그대에게 마음을 건넸으니
이리도 무모한 사랑의 감옥에 갇혔으니

나의 손발은 묶이고 입에는 재갈이 물렸으니
영영 사랑하겠노라는 무모한 맹세로 자물쇠를 채워버렸으니

간섭자

나는 그대의 삶에서 떨어져 나왔다고 믿었는데
그 어느 한 자락에 여태 매달려 있었구나
그 매달려 있음이 나의 습관이나 의미가 되어
혹은 그보다 사소하고 그보다 촘촘한 결이 되어
나의 모든 시간으로 비집고 들어오는구나

그러고 보니 그대는 어디에나 있었구나
불 꺼진 영화관 홀로 떠오르는 눈부신 영상 속에
깊은 밤 뒤적이는 책의 모든 갈피에
골목길을 돌 때 어디선가 들려오는 낮은 피아노 소리 속에
지나가던 아이의 작은 손 안에
하루 종일 나뭇가지를 옮겨 다니며 부지런히 씨앗을 찾아내는
새의 날개 위에

손바닥만 한 화분 안에
화분 안에서 고른 숨을 내쉬고 있는 식물의 엽록체 안에
엽록체를 둘러싼 이중막의 스트로마와 라멜라 안에서도
살아 펄떡펄떡 뛰어오르는 그대는

나를 붙들고 있는 끈을 놓지 않으려고
안간힘을 쓰고 있었구나

그리하여 그대는 나의 온 세상이 되었구나
수없는 이별을 무의미하게 만들고
수없는 눈물로 하늘 같은 성을 지었구나

어쩌나, 나의 목숨이 그대의 삶 한 자락에 매달려 있으니
밝아지거나 어두워지는 일들이 다 한 줄기에 얽혀 있으니
나는 아무런 저항도 하지 못한 채
그대의 간섭으로 끝없이 꽃을 피워 올려야 하는구나

그대의 이름은 내게
황홀하고 찬란한 빛이었으니

간섭: 1. 남의 일에 부당하게 참견(관계)함 2. 음파나 빛 따위가 둘 이상
겹쳐질 때 서로 작용하여 세어지거나 약해지는 현상

	아	주		잠	깐		마	음	의		결	이		갈	라	지	는		소	리	를		들	었	다	.
이	제			그	리	움	은		더		이	상		구	체	적	이	지		않	으	니		두	려	움
도		아	픔	도		없	다	.	당	신	과		나		사	이	의		지	극	한		거	리	는	
재	어	보	지		않	아	도		이	미		아	름	답	다	.										

내가 너를 그릴 수 있을까

자정이 지나자 테이블을 가득 채우고 있던 손님들이 썰물처럼 빠져나갔다. 길었던 하루도 그들처럼 또 썰물처럼 밀려갔다. 빈 잔을 채우고 너는 말했다.

"스케치북을 보여줘."

십 년쯤 가지고 다니던 카메라가 고장 나던 날, 나는 그림 선생님을 만났다. 처음부터 그림을 가르쳐달라고 조르려 만난 건 아니었는데 그 자리 끝에서 어쩌다 그렇게 되었다. 다음 날부터 나는 스케치북을 가방 속에 넣고 다녔다. 언제인지 어디선지 기억도 나지 않는 어느 여행길에서 무심한 충동으로 사버린, 레오나르도 다빈치의 인체 비례 스케치가 표지를 장식하고 있는 스케치용 노트였다.

역시 무심한 충동으로 언젠가 사둔 6B 연필을 깎고 빈 페이지를 펼쳐 서투르게 하나의 이미지를 그리기 시작한 것이 일주일쯤 되었을까.

세계를 2차원으로 보는 겁니다.

계획에도 운명에도 없이 나의 그림 선생님이 되어버린 (가엾은) 그분은 그날 그런 이야기를 했다.

2차원이라니.

나는 분명 바보 같은 표정으로 그를 보았으리라. 3차원 속에 살고 있는 3차원인 내가 다른 차원의 세계를 짐작이나 할 수 있을까. 그런데 이상한 일이었다. 연필을 쥐고 스케치북을 펼치면 3차원의 세계가 조금씩 뒤틀리고, 금이 갔다. 그렇게 아주 천천히, 겨우 햇빛 한 줄기 비집고 들어올 만한 틈이 생겼고 나는 그 틈으로 2차원의 세계를 훔쳐보기 시작했다.

점과 선과 면으로 이루어진 세계. 앞으로, 뒤로, 옆으로 뻗어갈 수는 있으나 아래와 위는 허용하지 않는 세계. 빛과 어둠의 세계. 오로지 그것만으로 깊이를 표현할 수 있는, 그러나 또한 그 깊이를 가늠할 수는 없는 세계. 그러므로 마음이나 기억을 숨겨두기에, 너무도 적절한 세계.

내가 눈을 반짝이며 2차원의 세계를 둘러보다가 "뭘 그리면 좋을까" 하고 묻자 너는 대답했다.

"나를 그려봐."

"내가 너를 그릴 수 있을까?"

연필을 잡고, 나는 조금 망설이며, 부드러운 얼굴의 윤곽선을 먼저 그렸다. 길고 가느다란 머리카락이 어깨 위를 덮었고 이른 봄의 추위를 막기에는 너무 얇은 겉옷이 팔을 감쌌다. 너는 웃고 있었기 때문에 나는 너의 웃는 눈을 그리려 했다. 하지만 어쩐지 조금 슬픈 눈이 되어버렸다. 입술의 꼬리를 약간 치켜 올리려 했지만 왠지 그것도 마음대로 되진 않았다.

그림을 보고 너는 웃었다.

"나네. 나 맞아."

네가 본 것은, 그림 속 어딘가에 숨겨진 무엇이었으리라. 아마도 다른 이의 눈으로는 볼 수 없을, 우리가 함께 만들고 지키고 버티어온 시간이었으리라.

그렇게 나는 나의 첫 번째 초상화를 그렸다. 너를 다 그리진 못했지만 너의 일부를, 혹은 너와 나눠 가진 시간의 아주 사소한 순간을, 잊지 말아야 할 어떤 약속을 그린 거라고 믿었다. 언젠가 내가 너를 잘 그릴 수 있게 되는 날이 올 거라는 믿음을 붙잡고 서투르게, 서투르게. 그리하여 그 질문, '내가 너를 그릴 수 있을까'라는 질문은 당분간 의문형으로 남겨두기로 했다.

어딘가에 담을 수 없는 것이 이렇게 많다. 그래서 미안하고, 그래서 고맙다.

	나		좀		살	아	야	겠	다	고		생	각	할		때	마	다		나	를		살	게
해	주	는		사	람	들	이		있	다	.	갈	피	는		다		헤	아	릴		수		없	어
도		깊	이	는		가	늠	할		수		있	는		사	람	이		나	라	면		좋	겠	다

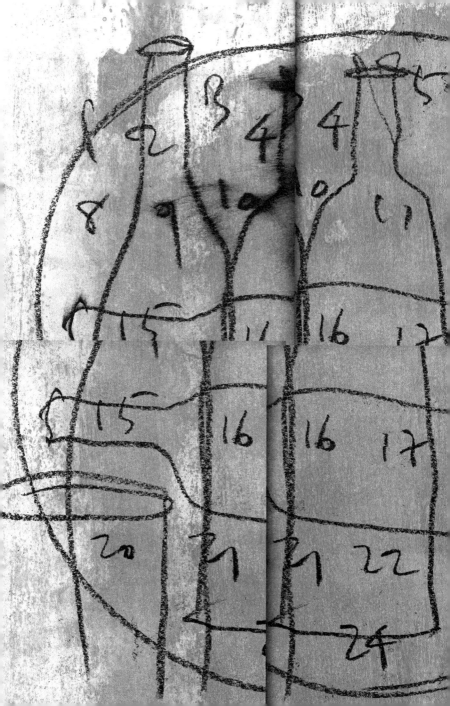

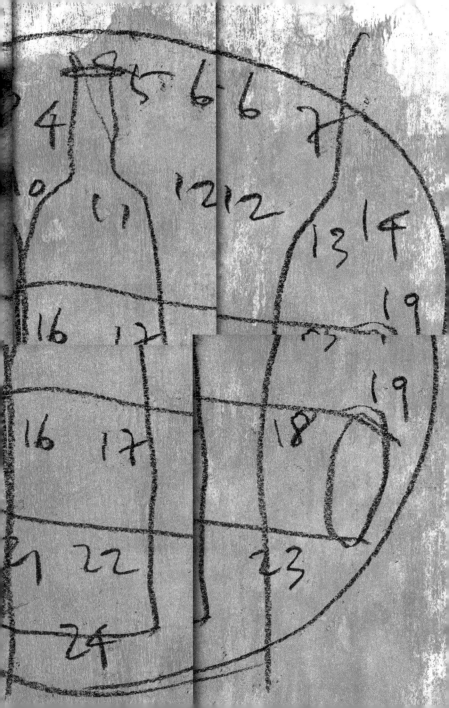

빈 병

처음에는 아무것도 아닌 거였다
주목할 만한 것도, 기억할 만한 것도 없는 무색무취의,
가득 차 있으나 나와 아무런 상관도 없는,
그저 스쳐 지나가는 수많은 시간
나는 왜 무심코 손을 내밀었을까
너의 시간을 내가 소유하고
나의 시간을 너와 나누어 가지는 일의
그 엄청나고 무시무시한 무게를
짐작도 하지 못하고

그리고 모든 것이 그러하듯
우리의 시간은 끝났다
단 한 방울도 남기지 않고

이제 텅 빈 시간의 흔적을
그러나 나는 버리지도 못한 채
간직하듯 방치하듯 놓아둔다

우리 한때 공유했던 그 시간들이
바람과 햇살을 저 혼자 받으며
빛바래고 얼룩지고 밝아졌다 어두워지는 사이
기억하듯 잊은 듯 날들이 흐려진다

홀로 가득 차 있었던 것들이 서로를 만나
조금씩 비어가는 일
시간의 뼈만 남는 일
그것이 가루가 되는 일
그 가루가 손가락 사이로 빠져나가는 일

다시 채울 수도 없고
영영 지울 수도 없는
우리, 그 시간들의 빈 병

무엇이나		언젠가는		어떤	식으로든		끝이		나는		것
이므로.	모든		감정을	최선을		다해		소진하기로		한다.	

√ 밤 열한 시

들리지 않는 노래

나는 그대에게 사랑한다는 말을
어떻게 전했던가
그럴 이유가 없는데도
하나의 눈빛을 오래오래 담아두고
가난한 밤마다 몰래 꺼내어
들리지 않는 노래를 불렀던가

그대는 나에게 사랑한다는 말을
어떻게 전했던가
그럴 이유가 없는데도
내가 가는 길을 오래오래 지켜보며
혼자 있는 시간을 견디며
들리지 않는 노래를 불렀던가

우리 서로 묻어둔 이야기 속에
봄의 가지처럼 뻗어 있는 마음은
말로 하기에 너무 슬퍼서
노래로 부르기에 너무 낮아서

빈 들을 감싸는 바람처럼
우리가 알지 못하는 어딘가로 흘러가는데

하지만 덧없이 스러지진 않으리
그 바람 다 품은 돛을 달고
작은 배 하나 비틀거리며
그러나 한순간도 쉬지 않고 흘러가
우리가 끝내 닿지 못한 곳에 이르리

들리지 않는 노래가
다 들리는 그곳에

	'들	리	는		음	악	은		아	름	답	다	.	들	리	지		않	는		음	악	은
더	욱		아	름	답	다	.	_	존		키	츠	'		들	리	지		않	는		마	음	도
누	군	가		들	어	줄		것		같	은		날	.	하	늘	이		낮	은		탓	.	

√ 밤 열한 시

환절기

다시 한 번 계절이 바뀌는 자리에 이르렀다
혼란은 아직 아무 일도 일어나지 않았을 때 닥쳐온다
자꾸만 박자를 놓치며 절뚝거리며
텅 빔과 부재와 공백의 거리를 나는
천천히 걷는다

다시 한 번 세계는 정결한 약속을 내민다
순진한 태양이 수줍게 건네는 구애와
얼어붙은 세계의 갈라진 틈으로 흐르는 촉촉한 물기
사이에서 길고 깊었던 침묵을 나는
묵묵히 배웅한다

다시 한 번 믿을 수 없는 것들을 믿으려 한다
두 번 다시 오지 않을 것들을 사랑할 수밖에 없는 운명과
단 한 번도 포기하지 못했던 사람을 품고
모든 것이 지나가고 아무것도 오지 않은 자리를 나는
고요히 견딘다

의미를 묻지 마세요

성석제 선배의 단편을 원작으로 한 연극 「천하제일 남가이」를 보러 갔다. 그러고 보니 연극은 오랜만이다. 여백의 자극, 한정된 공간에서 뻗어나가는 상상력이 주는 즐거움은 그동안 좀 더 부지런히 발품을 팔지 못했다는 자책감과 함께 왔다.

막이 내려가고, 객석을 가득 메운 관객들의 우렁찬 박수를 받으며 배우들이 물러간 후, 연출가가 무대 위로 올라왔다. 이날 지도교수의 인솔로 관람을 하러 온 모 대학 연극영화학과 학생들을 위해 특별히 질의응답 시간을 가지겠다고, 그가 말했다. 씩씩하게도 제일 먼저 번쩍 손을 든 어느 남학생의 질문은 이랬다.

이 작품의 의미가 뭔가요?

뒤를 이은 대여섯 개의 질문도, 이와 별반 다르지 않았다. 특정 장면의 의미, 특정 대사의 의미, 특정 무대연출의 의미를 묻는 것이었다.

의미라.

즐겁게 한 편의 연극을 보고 난 직후에 떠올리는 질문치고는 너무, 그렇잖아. 나는 그런 생각을 하며, 아무 의미 없이 눈앞에 보이는 광경을 스케치했다. 열심히 답변을 하고 있는 무대 위의 연출가. 그리고 객석에서 턱을 괴고 그의 이야기를 듣는 두 여학생.

대학로의 어느 호프집에서, 문득 그 생각이 나서, 함께 관람을 한 사람들에게 물었다.

왜, 학생들은, 의미를 물어보는 거죠?

누군가 대답했다.

아직 어리니까.

어리니까? 나는 그 말을 곱씹어보았다. 어리다면, 어릴수록, 의미 같은 것 말고, 보다 즉각적인 것에 보다 본능적으로 반응해야 하지 않을까? 하긴, 생각해보면, 십몇 년 동안 학교에서 배운 것이 죄다 그런 식이었으니 그 틀에서 자유로워지기는 쉽지 않으리라. 하지만 연극 한 편을 보면서 의미를 찾아야 한다는 생각을 잔뜩 머리에 넣고 있으면 본다는 행위 자체의 즐거움을 즐길 수 있을까? 연극뿐 아니라 책도 그러하고 그림도 그러할 텐데.

무의미함을 원하는 사람은 누구도 없겠지만 의미를 찾아야 한다는 강박이, 가끔은, 지나치다는 생각을 하게 된다. 무언가를 사랑하려면, 그 대상이 연극이든 그림이든 책이든 사람이든, 좌우지간 사랑이라는 것을 하려면, 그와 어울려 울고 웃고 춤추고 노래하며 모든 무의미함까지 끌어안아야 하는 게 아닐까, 하는 생각. 사랑하는 순간에 의미는 무의미하지 않을까, 하는 생각. 의미 같은 건, 먼 훗날, 부르지 않아도 스르르 저절로 다가와서 그게, 그런 거였어, 하고 말해주지 않을까, 하는 생각.

그러니 나에게 의미는 묻지 마세요. 지금, 사랑하고 있으니까.

뒷모습

나는 아직 알고 싶은 것이 많아서
그대의 표정을 살피고
그대의 눈빛을 읽고
그대의 입술 끝에 매달린 공허나 슬픔을 감지하고 싶어서
그대를 마주 보며 응시하려 하지

나는 아직 바라는 것이 많아서
그대의 보폭을 가늠하고
그대의 속도를 살피고
그대의 방향을 놓치지 않고 싶어서
그대와 나란히 걸어가려 하지

닿을 듯 가까웠던 그대의 손과
가볍게 스치던 그대의 마음이
사라지고 멀어지는 순간을
아직 부족한 것이 많은 나는
그리 눈여겨보지 않았어

혹은 이렇게 말할 수도 있겠지
혼자의 몫으로 남겨진 시간의 무게를
나는 애써 외면해온 거라고

그대가 머물렀던 시간의 뒷모습은
봄의 비처럼 흔들리며
봄의 들판처럼 텅 빈 시간을 적신다
나는 아직 하지 못한 말이 많으니
우리에겐 더 많은 여백이 필요하구나
이제 겨우 뒷모습을 헤아리기 시작하였으니
내겐 더 고요한 시간이 필요하구나

	흘	러	오	라	.		너	를		피	한		적		없	으	니	.		흘	러	가	라	.		너	를
막	아	선		적			없	으	니	.		행	여		돌	아	올		때	는		완	전	히		새	로
운		것	으	로		오	라	.		가	장		낮	은		곳	에	서		마	지	막	을		본		
자	의		얼	굴	로	.																					

비추다

봄이 오나 하고 맨 들에 서서
맨 얼굴로 맨 바람을 다 맞았다

어제보다 조금 길어졌다지만 그래도 짧은 해가
남은 온기를 끌고 사라진 저녁,
앞서거니 뒤서거니 하며 삐뚤빼뚤 걷다가
같은 길을 건너고 같은 모퉁이를 돌면
부드럽게 밤이 내려앉은 골목 안에
따뜻한 불빛이 켜진 작은 카페

졸망졸망 딸려 나온 유리컵들은
누구 하나 다른 것을 가리거나 숨기지 않고
품을 열어, 비춘다

내가 앞에 있거나 네가 뒤에 있거나
네가 앞에 있거나 내가 뒤에 있거나
삶을 나눠 가진 사람들끼리는
간격을 재어볼 수 없는 일

나란히 어깨를 걸고
쏟아지는 불빛과 어둠을 받아내며
올망졸망 기대어 화음을 만들어내는
그렇게 기쁘고 따뜻한 일

내가 너를 비추어내고
네가 나를 비추는 사이
봄은 어디쯤 오고 있다
개나리와 진달래와 풀꽃처럼 작고 푸른 것들이
옹기종기 어깨를 맞대고
우리가 있는 곳으로
오고 있다

세	상	이		선	(	善	)	을		무	시	하	고		이	용	하	지		않	는	다	면
우	리	는		기	꺼	이		착	해	지	고		즐	겁	게		바	보	가		될		것	이	라
고		나	는		믿	는	다	.																

언제 와?

당신이 내내 오는 시간이
내게는 내내 오지 않는 시간입니다
그러니 말해주세요, 사랑,
언제쯤이면 내게 올 것인지

내가 알지 못하는 당신과
내가 기다리는 당신이
같은 당신인지
말해주세요, 사랑,
언제쯤이면 알 수 있는 것인지

당신이 존재하지 않는 세계의
차고 단단한 벽들 사이에서
장님처럼 갇힌 마음을 알고 있다면
말해주세요, 사랑,
언제쯤이면 이름을 불러줄 것인지

당신이 내내 망설이는 시간이
내게는 내내 서성이는 시간입니다
그러니 말해주세요, 사랑,
언제쯤이면 폭풍으로 내게 닥쳐와
나를 집어삼키고 무너뜨릴 것인지

	오	는	가		하	면		또		가	버	리	겠	지	.		뭘		하	고		있	는	지	도	,
뭘		해	야		할	지	도		모	른		채	로	.		여	태		봄	맞	이	가		이	리
서	투	니		사	랑	의		형	편	도		그	러	한		거	겠	지	.			

쉿

쉿
꽃잎이 온다
그리운 사람 대신
그리운 마음이 온다
내 마음에서 넘친 그 마음이
꽃으로 온다

쉿
꽃잎이 흔들리면
울고 싶어질 테니
가벼운 봄날
가벼운 사람처럼
쉬이 갈 테니
그저 푸른 하늘 푸르도록
우리는 가만히 내버려두자

조개는 죽어 새가 되고
새는 죽어 별이 되고

별은 죽어 꽃으로 피어나니

그들이 봄날로 온다
그리운 사람의 이름을
꽃잎 하나하나에 새기고
그 무게에 휘청이다 내려앉는다

그리운 사람을
그리워할 수밖에 없는
그것 말고는 다른 도리가 없는
봄의 한가운데

콩처럼	몸을	말고	잠을	잔다. 기도할	것이	많아
자주	뒤척인다.	많은	생각을	했으나	무슨	소용인가
한다.	어쩌나	저쩌나	하는데	봄이	온다. 하지	않으
면	안	될	일들이	있는데, 기도할	것이	많아	자주
멈칫거린다.						

169

한때 그랬던 것

겨울의 옷들을 차곡차곡 개켜서 옷장 깊은 곳에 넣는다. 굵은 털실과 두터운 안감, 복실복실한 털, 커다란 모자가 달린 옷들, 한때는 따뜻하고 든든했으나 이제는 무거워진 것들.

겨우내 닫아두었던 창을 연다. 한때는 맨살을 아프게 파고들던 바람이었다. 지금 손끝에 닿는 바람의 감촉은 아직 채 눈을 뜨지 못한 여린 꽃잎의 속살처럼 부드럽다.

하릴없이 지난 일들을 떠올린다. 너무 오랫동안 불러왔던 길고 긴 노래가 나에게 있었다. 그 멜로디는 영원할 것 같았으나 이제 내 입술은 더 이상 그 노래를 기억하지 않는다.

그렇다고 무엇인가, 다른 것이 시작된 것은 아니다. 마음을 앗아 갈 만한 벅차고 멋진 일이 곧 일어날 것이라는 예감은 없다. 그러나 노래를 그칠 수 없는 것은 삶이 아직 계속되고 있기 때문. 그리하여 나는, 더듬더듬 새 멜로디를 찾으려 한다. 한때 그랬던 것들을 삶의 한쪽으로 밀어놓고, 아무것도 시작되지 않은 하얀 여백 안에서.

아직 멜로디가 될 수 없는 하나의 음정, 미 아니면 라 아니면 솔일 것 같은 음정이 목 안쪽에서 흘러나온다. 이것이 노래가 될지, 그 노래가 누군가에게로 전해질지, 그리하여 몇 개의 메아리를 만들어낼지, 나는 모른다.

내가 아는 것은, 나는 불안하고 미완성인 채로 삶을 마칠 것이고, 한
때 노래였던 것, 한때 마음이었던 것, 한때 겨울이거나 봄이었던 것들
은 끝없이 변하고 흘러가리라는 것뿐.

한때 그랬던 것들을 위해, 잡을 수 없었던 것들에 대해, 겨울처럼 단
단한 기억의 조각을 새기는 시간, 그곳으로부터 얼마나 멀리 떠나왔
는가는 우리, 헤아리지 않았으면.

한때 나를 감싸 안았던 옷들아, 이제 옷장 안에서 깊은 잠을 자려무
나. 한때 나를 할퀴었던 겨울의 바람들아, 이제 부드럽고 따뜻한 노래
를 불러주려무나. 한때 사랑이었던 너는, 어딘가 먼 곳에서 메아리가
되어주겠니.

두고 온 날들이, 한때 꽃이고 마음이었던 것들이, 쓸쓸하지 않도록.

비실거리던 화초들이 조금씩 푸르러진다. 물과 햇
살만 먹고 저리 예쁜가. 물과 햇살만 먹어서 저리
귀한가. 수분과 온기만 남기고 이제 그 기억을 지
운다. 그대도 홀로 푸르러라.

노래

여행 중에 잠깐 들른 앤티크숍이었다
그 배는 조그마한 신발 속에 심어져 있었다

떠나고 싶었던 누군가가 그 배를 만들었을까
종이로 깃발을 만들고
가느다란 깃대를 세워 작은 깃발을 매달고
알 수 없는 바다와 알 수 없는 날들을 짐작해보다가
어제와 같은 땅을 밟고 있는 자신의 신발을 물끄러미 바라보다가
그대로 바다에 이르면 참 좋겠다고 생각했을까

비밀처럼 품어온 은밀한 소망이
돛이 되고 깃발이 되어 나부낄 때
온 세상을 다 보고 싶다고 소리칠 때
그 갈망을 꾹꾹 눌러
작은 배 하나를 만든 사람의

노래를 듣는다
나는 갈 수 없지만 너는 가라는 것일까

나는 할 수 없지만 너는 하라는 것일까

구겨진 꿈을 다시 펴서 돛을 만드는 꿈을

잊지 말라는 것일까

혹은

꿈은 한낱 꿈이니

아무 데도 갈 수 없는 날들을 접어

아무 데도 갈 수 없는 배 안에 감춰두라는 것일까

맴도는 노래는 저 홀로 바람이 되어

날들과 날들 사이에 메아리를 남긴다

이	렇	게		험	한		날		속	에	서		그	대	를		만	나		아	름	다	운
에	너	지	를			얻	었	다	.	돌	아	오	는		길	의		동	그	란		달	이		동	그
랗	게			동	그	라	미	를		그	리	니	,	잘		자	요	,	오	늘		밤	은	.

쓸쓸하게 무심하게

자라나는 것은 아름답다
아름다운 것은 쓸쓸하다
쓸쓸하다는 건 무언가를 그리워한다는 것이다
그리움은 저 홀로 자란다
쓸쓸하게 무심하게

	기	다	리	는		시	간	도		봄	이	다	.	보	내	고	
그	리	워	하	는		시	간										
도		봄	이	겠	지	.		당	신	을		기	다	리	고		
보	내	고		그	리	워	한		시								
간	까	지		다		사	랑	이	었	던		것	처	럼	.		

밤 열한 시

없습니다

없습니다 지금은
한때 있었으나

거품 위에 그림자 위에
가까스로 새긴 그것
선명하게 분명하게
아무도 모르게 아무것도 아니게

바람의 길과 물의 길
스스로 자취 감추는 모래 위에
사랑보다 아름다웠던
그대의 이름

없습니다 지금은
간절하게 가혹하게
그때 있었으나

순간

나의 마음이 당신에게로 기울어지던 그
순간
기우뚱
하고 세계가 조금 기울어졌다
그 바람에
이 세계와 저 세계를 받치고 있던 기둥이
조금 흔들렸다
그런 탓에
흔들린 기둥과 기둥 사이에 조그마한 틈이 생겼다

밤낮으로 무례한 바람이 그 틈을 드나들었다
겨울 내내 인색한 햇살이 그 틈을 기웃거렸다
틈은 가끔 밝아지고 자주 캄캄해졌다
나는 그 틈 너머로 세계를 훔쳐보는 버릇이 생겼다

날들은 생채기를 남기고 지나가더니
꿈은 몇 겹으로 돌아나더니
노래는 그칠 줄도 모르더니

꽃 같은 얼굴 하나 틈에서 고개를 들었다

나의 마음이 당신에게로 기울어지던 그

순간

갸우뚱

하고 알 수 없는 일들이 시작되었다

도무지 기적 같은 일들이 시작되었다

	가야		할	한		가지		이유가		가지		말아야		할		백
가지		이유에		선행한다.		인생은		그런			힘으로			흐른다.		

피고 지고

그들은 이제 자신의 소임을 다했으리라
암술이 수술의 꽃가루를 받아 가루받이를 하는 동안
낱낱의 꽃잎은 그들을 보호하고
꽃받침은 이 모든 것을 받치고 있었으리라

눈길 닿는 곳마다 아우성이다가
단 한 번의 비에 미련 없이 떨어질 수 있는 까닭은
내일을 위한 씨앗 하나 이미 만들었기 때문이리라

황량한 풍경에 연약한 봄빛을 더하고
사람의 마음에 이유 없는 온기를 일으켜
자꾸만 뒤돌아보게 하고 자꾸만 그리워하게 만든 것은
그들의 의도는 아니리라

피고 지고
오고 가고
그들에게는 그것이 순리이니
더 이상 머물 이유가 없었으리라

가엾다, 덧없다, 속절없다는 것은 모두가
사람의 가엾고 덧없고 속절없는 마음에서 연유했으리라
바람에 나부끼고 비에 흔들리면서도
꽃잎 하나 받치지 못한다는
씨앗 하나 만들지 못한다는
그 자책이 떨어지는 눈물로 꽃들을 배웅하게 하였으리라

미련도 없는 거냐, 너희들은
하고 중얼거리다가
어렴풋한 이유를 짐작하고 그것을 또 안위로 삼는 것 역시
순리를 모르는 사람의 마음이리라

| | 필 | | 때 | 가 | | 되 | 어 | | 피 | 고 | | 질 | | 때 | 가 | | 되 | 어 | | 지 | 는 | | 것 | 일 |
| 텐 | 데 | | 애 | 꿎 | 은 | | 바 | 람 | | 탓 | . | | | | | | | | | | | | | |

슬프지만 다 좋은

고마운 마음은 늘 고맙다는 말보다 커서
말로 다할 수 없는 마음이 된다
사랑의 정의는 몰라도
이것이 행복의 증거라는 것은 알고 있다

나는 아마 이 세상에서 불가능한 것들을 소망하는 이들을 사랑할 수밖에 없나 봐.

우리의 시간은

꽃을

따는

마음이

아니라

나무를

심는

마음이었으면

우리의

시간은

	확	대	재	생	산	,		말	고		축	소	재	생	산	,	하	는		것	이		나	의		인
생	,		이	면		좋	겠	다	.																		

목적 없이

길을 걷다가 자주 멈춰 선다. 어쩐지 태어나서 처음 보는 듯한 꽃들이 예기치 않은 곳에 여기저기 피어 있다. 서머싯 몸의 『인간의 굴레에서』 를 다시 읽고 있다.

"아름다운 사물은 다음 세대들이 불러일으키는 정서 때문에 점점 풍요로 워집니다. 『그리스 항아리에 부치는 노래』는 그것이 처음 쓰였을 때보다 더 아름답습니다. 백 년 동안 많은 연인들이 그 시를 읽어왔고 상심한 사 람들이 그 시행에서 위로를 느꼈기 때문이지요."

목적 없는 산책, 목적 없는 책 읽기, 그리고 그림을 그린다는 그 자체만 이 유일한 목적이 되는 그림 그리는 일. 오로지 보고 싶은 마음 하나로 만나는 사람. 그런 것들로 세상이 반짝인다.

	인	생	의		전	반	부	는		삶	을		치	장	하	려	고		버	둥	거	리	며		보
냈	다	.		이	제		껍	질	을		벗	고		맨	얼	굴	로		자	연	스	러	워	지	는	
법	을			배	우	고		싶	다	.																

그 후를 생각하면

진심은 순간에 있다
그 후를 생각하면
아무것도 확신할 수 없으므로,
라는 것이 지금의 나의
진심

| 너 | 무 | 나 | | 명 | 백 | 해 | | 보 | 여 | | 말 | 하 | 지 | | 않 | 았 | 던 | | 것 | 들 | 이 | | 때 | 로 |
| 나 | 의 | | 발 | 목 | 을 | | 잡 | 는 | | 것 | 이 | 었 | 다 | . | | | | | | | | | | |

꿈이 아니라면

아주 멀리 있어 만날 수 없는 사람을 만났다
어떻게 왔느냐고 물으니
온다고 하지 않았느냐고 말했다
예전보다 조금 가까워진 거리가
이상하지 않다는 것이 이상했다

꿈이 아니라면
가능하지 않은 일이라고 나는 생각했다
그러자 꿈의 징후들이 눈에 보였다

아주 멀리 있어
만날 수 없는 사람에게
이건 꿈이라고 얘기해주었다
봐요, 저기 한 번도 본 적 없는 꽃들,
비현실적인 색채들,
발은 땅에 닿질 않고
우리는 지나칠 정도로 가까이 있잖아요

아주 멀리 있어

만날 수 없는 사람은

고개를 끄덕였다

그렇다면

꿈이 아니라면 할 수 없는 일들을

하지 않겠어?

이를테면

하늘을 난다거나

바다에서 수영을 한다거나

전할 수 없는 마음을 전하는 일

같은 것

꿈이었는데도

나는 주저했다

그럴 이유가 없었는데도

꿈이란 것도

아주 내 편은 아니구나

생각하며

아주 멀리 있어 만날 수 없는 사람에게

미안해요, 하고 말했다

난폭하게 꿈 밖으로 밀쳐내진 새벽

꿈이 아니라서

울 수도 없었다

봄	비	치	고	는		차	고		무	거	운		비	였	다	.		무	슨		까	닭	이		있
겠	지	.		가	라	앉	는		것	.		마	음	속	에	서		덜	컹	거	리	는		것	.		머	금
었	다	가		삼	켜	야		하	는		것	.		지	나	간		사	랑	,		같	은		것	.	

당신이 건네준 것은

당신이 건네준 것은
어쩔 수 없이 파편이므로
나는 안간힘으로 그것을 끌어모아
전체의 그림을 그린다
'전체는 부분의 총합보다 크다'는
아리스토텔레스의 말에 힘껏 의지하여

당신은 아름다운 소리를 내라. 나는 끊어지는 순
간까지 여기에 매달려 있겠다.

빈 잔

그 잔을 비우면 당신은 돌아가겠지
언제 다시 만날 수 있느냐고
나는 묻지도 못하는데
어디선가 아카시아 향기가 풍겨 오는데
꽃은 볼 수도 없는데

| 이 | | 여린 | | 인연의 | | 끈을 | 당신은 | | 어 | 찌 | 하 | 려 | 고 | . | | |

밤 열한 시

해 질 무렵

해 질 무렵의 강변을 걷습니다
저무는 것이 이리 아름다운 줄은 몰랐습니다
나는 대기 중에 흩어진 아카시아 향기를 마시려
숨을 깊이 들이쉽니다
조급한 개를 쫓아가는 사람과
한없이 느린 개를 기다리는 사람과
마주 앉아 이야기를 나누는 사람과
나란히 걸어가는 사람이 있습니다
언젠가 당신을 기다리며 듣던 노래를 불러봅니다
우리, 참 멀리까지 와버렸네요
더 이상 당신의 꿈을 꾸지 않,
지만 아주 가끔 우리가 이르지 못했던 곳을
생각합니다
나의 일부와 당신의 일부는
그곳에서 아름답게 살다가 죽었겠지요
그래야 합니다
다 잡을 수 있을 것 같던 때는
다 놓을 수도 있을 줄 알았습니다

이제 나는 잡지도 놓지도 못하는 사람이 되었습니다

저무는 연습을 하려고 저무는 하루를 걷습니다

해 질 무렵의 강변입니다

토	닥	토	닥	.		안	간	힘	으	로		그	리	움	을		잠	재	우	는		오	월	의
해		질		무	렵	입	니	다	.	몰	려	오	는		피	로	가		달	려	가	는		영	혼
을		멈	추	게		하	소	서	.																

↘ 밤 열한 시

알 수만 있다면

내가 보고 싶은 사람이

나를 보고 싶어 하는지

알 수만 있다면

일	어	나	지		않	을		일	을		기	다	리	느	라		하	루	가		머	뭇	머	뭇	ˇ
갔	다	.		밀	물	이		가	져	오	고		썰	물	이		가	져	갔	으	니		조	개	껍	질
을		줍	는		마	음	으	로		시	간	의		껍	질	을		주	워	야	지	.			

그 사람의 목소리가 기억나지 않는다

그 사람의 목소리가 기억나지 않는다
그가 어떻게 웃었는지
어떤 표정으로 나를 바라보았는지
되새겨보고 싶은데

그리 오래된 일도 아니었다
꽃이 피었다 시들 무렵
해가 떴다 기울 무렵
봄과 여름이 뒤엉켜 눈부신 바람을 풀어놓았던 날의
온기와 서늘함까지 다 내 안에 있는데

그 사람의 목소리가 기억나지 않는다
낱낱의 점들이 선으로 이어지던
그 순간을 그리워하고 싶은데

아마도 그 마음을 모르기 때문이리라
기억을 **빼**앗긴 이유는
거룩한 망각이 행하는 위무이리라

밤 열한 시

모든 것이 까맣게 지워지고
마침내 뒷모습만 남은 것은

	소	망	하	는		바	는		언	제	나		적	당	한		긴	장	으	로		삶	과		사
람	과	의		거	리	를		지	키	고		또		유	지	하	기	를	.	위	대	한		시	간
과		성	실	한		망	각	에		대	한		믿	음	을		버	리	지		않	기	를	.	

그렇다고 해도

생의 대부분이
일어나지 않을 일들을 위해 바쳐집니다

오지 않을 것을 기다리고
갈 수 없는 곳을 가려 하고
보내지 못할 기억을 보내려 하고
이미 일어난 일들을 지우려 합니다

오늘도 나는
당신을 위한 성을 무수히 쌓았다 부숩니다

심장 구석구석 모래 알갱이들이
낱낱이 흩어집니다
반짝이지도 못하는 것들이
조각조각 비명을 지릅니다

그렇다고 해도
당신이 두고 간 시간들입니다

그리하여

온전히 나의 것입니다

그러므로

일어나지 않을 일들을 갈망하는 시간이

나에게는 진짜 생입니다

	한		사	물	의		끝	은		다	른		사	물	의		시	작	이	라	는		다	빈	치
의		믿	음	.		결	코		경	계	선	을		그	려		넣	지		않	았	던		그	의	
아	름	다	운		고	집	.																		

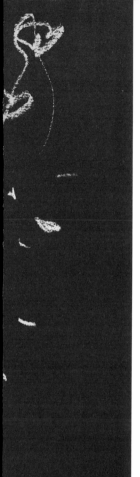

사랑이 거리를 떠돌아다닐 때

꽃이 지나 피나 하고 창을 열고
사람이 오는가 가는가 하며 창을 닫는다
기다릴 수밖에 없었고
기다리는 것으로 족했던 겨울이
비로소 온전히 지나갔다고 믿었던 그날
이른 봄이 어른거리는 거리에서
나는 내내 꿈꾸었던 사랑의 증거를
찾고 싶었다, 성급해지고 초조해진 심장은
돌아보지 말라는 경고를 잊었고
내가 돌아본 자리에 사람은
벌써 저만큼 멀어지고 있었다
멀어진 사람이 뿌리고 간 점점의 꽃잎들
그들이 애써 견딘 날들이
파르르 떠는 것을 보고 섰는데
하지 못한 말들은 모조리
할 수 없는 말이 되어
한 겹의 바람에도 바스러졌다
사랑은 거리를 떠돌아다니지만

사람을 붙잡을 수는 없는데
나는 어쩌다 한낱의 꽃잎 같은 사람을 품게 되었는가
사람이 갔는가 다시 오진 않는가 하고 창을 닫았다가
꽃이 어느새 피었나 그러다 지는가 하고 창을 연다
봄의 밤이 걸어간 길을 따라 길고 높은 성벽을 쌓아도
여린 속살로 자꾸만 몸을 부비는 꽃잎 같은 사람의 생각을
나는 도무지 감출 수가 없다
꽃이 다 지고 사람이 다 멀어지도록
그 무슨 작정이 없다

	열	정	의		덧	없	음	과		사	랑	의		공	허	함	과		봄	날	의		무	심	함
을		익	히		알	고		있	으	면	서	도	,	바	람	의		귓	속	말	을		다		들
을		수		있	을		것		같	은		이	런		날	에	는	,	무	슨		일	이	라	도
어	떻	게	든		일	어	났	으	면		좋	겠	다	는		생	각	을		기	어	이		품	고
야		만	다	.																					

24th
. May

살려줘요

당신에게 할 수 없는 이야기가 있어요
하지만 나를 구할 수 있는 사람은 당신밖에 없어요
살려줘요

그럴		수		있다면	품고	자라	,	그대	,	내일	아침		눈
을	뜰	이유		하나를	.								

애틋하다

애틋하다

무언가를 잡으려는 오른손과
무언가를 놓으려는 왼손
기억하려고 감은 눈
잊으려고 다문 입

이미 일어난 일에 대한 무의미한 저항
생의 냉정한 체계에 대한 암묵적 동의

기다리는 일
허락받지 못한 욕망
아무것도 할 수 없는 자의
자기연민

오래도록 혼자 걸어왔고 또 혼자 걸어가야 할 길
부르지 못하는 이름
밀어내지 못하는 바람

이미 떨어진 꽃잎

두 번 다시 돌아오지 않을
그러나 그때는 몰랐던
시간
속에 숨겨둔 씨앗

발화하지 않는 비밀

그런 내가 애틋한 당신과
그런 당신이 애틋한 내가

애틋하다

나는 일생의 대부분을, 여름의 더위와 겨울의 추위를 견디며, 사람을 마중하는 두려움과 배웅하는 슬픔에 기대어, 집으로 돌아오는 헛헛한 행복에 잠겨, 보내는 것이어서.

언덕

길고 고된 하루를 보낸 그대가 기댈 곳이 필요하다고 할 때
내 어깨를 베개 삼아 잠깐 선잠에 빠질 때
불현듯 깨어나 무슨 꿈을 꾸었노라고 조용히 말할 때

마음에 켜켜이 쌓인 언덕에 나무 한 그루 솟아올라
그대의 손가락 같은 잎들을 펴 보인다
그 잎들에 하나하나 새끼손가락을 걸고
약속하고 입을 맞추는 일은

어째서 이렇게도 슬프도록 경건한 걸까
행복에 잠겨 나는 왜 이런 생각을 하는 걸까

생이 끝나도 끝나지 않는 것들이 있다는 것을 깨달을 때
그 꿈이 무슨 꿈이었냐고 묻는 것이 두려워질 때
내가 몇 번이나 넘어지며 올라가고 또 내려왔던 언덕에
겨울은 두 번 다시 오지 않을 거라는 믿음은

어째서 이렇게도 슬프도록 튼튼한 걸까

밤 열한 시

wish tree

소원의 나무가 내게 말했다
나의 소원은 무엇이냐고
작고 네모난 종이에 소원을 써서
자신의 가지에 매달아놓으라고

소원의 나무에게 내가 물었다
어떤 소원이라도 괜찮은 거냐고
이룰 수 없는 꿈이나
꿈꿀 수 없는 희망 같은 것이라도

소원의 나무가 내게 말했다
소원은 원래 그런 것이라고
모두들 꿈이나 희망 혹은 그보다 더한
사랑이나 영원을 원하고 있다고

나의 소원은 무엇일까
소원의 나무에게 내가 말했다
너의 소원은 무엇이야?

소원의 나무가 내게 물었다

섣부른 바람이 정말로 이루어질까 봐
나는 겁을 먹었다
소원이 진짜로 이루어지면 어쩌나
두려워졌다

내가 언제까지고 망설이고 있자
소원의 나무가 내게 비밀을 속삭였다
밤이 되면
나뭇가지에 걸린 소원들을 모두 걷어가는 사람들이 있다고

그럼 그 소원들은 모두 어디로 가는 거야?
내가 물었다
이것 봐, 소원의 나무가 말했다
그건 내가 관여할 일이 아니야, 라고

소원의 나무는
소원을 들어주는 나무가 아니야, 라고
소원의 나무는
다만 너의 소원이 무엇인지 묻는 나무야, 라고

그저 견디는 것밖에 할 수 있는 게 없어도
견디다 보면 기다리는 게 오기도 한다는 걸 알려준 여름
이걸 또 까맣게 잊을 때쯤 겨울의 끝도 오겠지
믿음을 그리 쉬 부수지 말라고

마음을 저울에 달아보는 영리함이라거나
습관에 의지하는 평화라거나
사랑을 절약하여 나를 보호할 계획 같은 것
가지지 않기를, 소원이라면

마음이 기운다는 표현에 문득 마음이 기운다
기우는 것은 내려앉고 쏟아진다
그것을 받아줄 사람이 없다면

나는 운이 좋다, 부서지기 쉬운 마음을 가졌으므로
내 마음이 단단했다면 너의 부서짐을 볼 수 없었을 것이므로
사람을, 사랑을, 쉽게 포기했을 것이므로

그 사람 앞에서 더 이상 아름다운 생각이 나지 않는다면
그건 사랑이 아니라 미련이나 자존심일 거야
자신의 믿음이 잘못되었다는 걸 인정하는 것만큼
어려운 일도 흔치 않을 거야

언제 끊어질지 모르는 끈들에 마음을 의지하였으니
흔들흔들 팔랑팔랑 그러나 그럭저럭 무사히 하루가 간다
당신도 무사하니 잠도 밤도 꿈도 다 무사하리라

NARDINO
MAZZINI
A VINO GINE
Professor Primario
di Firenze
MDCCX

summer lightning
Jun. Jul. Aug

라솔파미

너는 모르겠지, 그래, 몰라도 돼,
그날은 정말 추웠다,
몇 번이나 약속이 어긋났지만
너는 내가 있는 곳으로 오려 했으므로
나는 4번 출구 앞에서 한없이 기다렸다,

너는 모르겠지, 너를 기다리며
내가 듣고 있던 그 곡을,
몇 번이나 반복해서 들었던, 그 추위를,
그래, 몰라도 돼,
내가 기다리는 사람이 네가 아니었으면 하고
나는 무한히 그 음을 반복했다,

라, 솔, 파, 미,
그 위에 쌓이는 수많은 음을 하나하나 짚어가며,
잊으려고 했다,
네가 아닌 사람을 생각하려 하며,
그 추위를 감당했다,

바이올린보다 5도 낮은 음을 내는 그의 비올라가,

나와 함께 떨었다,
너는 모르겠지, 그래,
몰라도 돼,
네가 오지 않았으면 했다, 그 모든 것이,
현실이 아니었으면, 했으나,
한없이 내려앉던,

어느 낡은 교회에서 맨발로 녹음을 했노라는
비올리스트의 연주를 무한히 반복하며,
무한히 반복되는 너와 나의 이야기가,
다 꿈이었으면, 했다, 너는, 몰라도 돼,
이건 지나간 옛이야기이므로,
오직 기억나는 건,
그날의 참담한 추위,
너는,

몰라도 돼, 나도,
이젠 기억이 나지 않으니

이 세상 어딘가에는

이 세상 어딘가에는
너와 나를 위한 자리도 있을 거야
비록 햇살이 아주 잠깐씩만 방문하는
좁은 골목일지라도

바람이 부지런히 실어 나르는 먼지가
켜켜이 내려앉아 있고
빗물에 얼룩진 시간들이
알 수 없는 그림을 그려놓은 벽에는
한 줄의 낙서조차 없을지라도

낮이 밤이 되고 오늘이 내일이 될 때까지
머물지는 못할지라도
그저 커피가 식을 때까지
나란히 앉아
하지 못하는 이야기만 헤아려보다가
너는 저쪽으로 나는 이쪽으로
길이 갈라지고 삶이 갈라지고 마음이 갈라질지라도

있을 거야

순간일지라도 꿈일지라도

너의 미소는 온전히 나를 위하여

나의 슬픔은 오로지 너를 위하여

존재할 수 있는, 그런 자리가

이 세상 어딘가에는

연인이라기에는 조금 냉정하고 친구라기에는 조금 다정한, 그런 사이가 제일 곤란해.

지붕들

온다고 했으나 오지 않는 사람을
기다리며
지푸라기 같은 약속을 되새기다가
오갈 데 없는 마음 한쪽을
지붕 위에 올려두었다지

조금 가까워진 하늘과
조금 멀어진 땅
울 수 있다면 울어도 좋겠지만
굳이 눈물이 없어도
슬픔은 어디에나 머물고 있었다지

한 사람이 없어 텅 빈 거리와
한 사람이 없어도 아름다운 세계
속에서 미동도 없이
천천히 갈라져가던
마음 한쪽

뎅뎅뎅 저녁종이 울리고
새들은 둥지를 찾아 떠나고
헝클어진 하늘이 조금씩 기울어갈 때
지붕 위에 앉아 있던 마음 한쪽은
마침내 하루가 끝났다는 것을 알았다지

어둠이 벽돌과 벽돌 사이에 스며들 때
자신의 마음을 숨긴 마음 한쪽은
금이 간 몸을 조그맣게 말고
그 틈 어딘가로 기어 들어가
가만히 캄캄한 눈을 감아버렸다지

만약 당신이 어느 하늘 아래의
지붕들을 보게 된다면
한 번쯤 낮은 휘파람을 불어줬으면 해
그날 내가 지붕에 올려둔 마음 한쪽이
이제는 작은 얼룩으로 남은 마음 한쪽이

기다림을 끝낼 수 있도록
지푸라기 같은 약속의 매듭을 묶을 수 있도록
온다고 했으나 영영 오지 않았던

그날을 위해

더 이상 한숨을 바치지 않을 수 있도록

| | 관 | 계 | 를 | | 맺 | 는 | | 것 | 도 | | 맺 | 는 | | 것 | 이 | 고 | | 끝 | 을 | | 맺 | 는 | | 것 | 도 | |
| 맺 | 는 | | 것 | 이 | 다 | . | | 열 | 매 | 도 | | 맺 | 히 | 고 | | 피 | 도 | | 맺 | 힌 | 다 | . | | | | | |

√, 밤 열한 시

저울

누구도 섣불리 말할 수는 없지
한 사람의 새벽이라거나 한 사람의 봄에 대하여
무성한 여름의 자락에 가까스로 매달려
남은 삶의 즐거움을 헤아려보는 일에 대하여
혹은
그것조차 하지 않고
그저 막연하게 기다리는 일에 대하여

누군가의 마음에 그림자를 만드는 일에 대하여
그 그림자에 깃든
잠든 새 한 마리
깨우지 않으려고 발뒤꿈치를 들고
조심조심 걷는 일에 대하여
혹은
그저 아득하게 서 있는 일에 대하여

말할 수는 없지
오래도록 걸어온 길과 그 역사의 단호함과 완고함에 대하여

타인의 저울에 대하여

그 저울의 기울기와 그 위에 얹어놓은 내 마음에 대하여

혹은

상대적으로 빛나는 새로운 고통과

상대적으로 아름다운 쓰린 희망에 대하여

어리고 작은 것들을 지키기 위해

거칠어진 손등과 부르튼 발에 대하여

진심에 대하여

침묵에 대하여

드러난 것과 감춰진 것에 대하여

혹은

그저 떠나보낸 모든 것들에 대하여

	드	러	냄	과		감	춤	의		방	식	을		서	로		존	중	할		수		있	다	면
그	리	고		운	이		좋	다	면	,	우	리	는		여	름	을		통	과	하	고		가	을
을		누	리	고		겨	울	을		견	뎌	내	어		다	시		꽃	이		피	는		것	을
몇		번	이	나		볼		수		있	을		거	야	.										

스치다

그때는 그럴 수밖에 없었지요
설사 그런 마음이 일지는 않았겠지만
설령 서운해하면 안 돼요
바람이 품고 있는 열망은
터무니없이 크고 거룩하지요
하지만 그것은
순수한 우연이 만들어내는 냉정한 인연
아주 잠깐 드러났던 맨 마음 위로
켜켜이 시간의 먼지가 쌓여갑니다

내가 남고 당신이 떠나거나
당신이 떠나고 내가 견디거나
쉽지 않은 것은 마찬가지
우리는 별이 아니어서
수억 광년 너머로 반짝이는 마음을 전할 수도 없지만

그 문은 오래전부터 닫혀 있었고
앞으로도 영원히 닫혀 있을 테니

뒤돌아보지도 말고
손을 흔들지도 말고
버릴 수 없는 짐을 메고 끌고
어딘가에 있을 출구를 향해
가질 수 없는 삶의 반대편을 향해

모든 풍경을 무심히 받아들이고 또 튕겨내는
투명하고 단단한 벽을 가운데 두고
조금씩 천천히 멀어지는 거예요
서로의 마음을 알지 못할 때까지

　아무것도 안 하는 것도 뭔가를 하는 거야. 그 가
말했다. 이런 날, 이런 소리를 들으면, 믿고 싶다.
아무것도 아닌 모든 것들을. 아무 말도 아닌 모든
말들을.

저녁

저물어가는 빛의 부드러운 기울기와
아직 노래를 기억하고 있는 몇 개의 현들
누군가 두고 간 마음으로 얼룩진 테이블
낡은 책의 갈피 안에서 말라붙은
언젠가 촉촉했던 꽃잎 같은 것

사랑이 저물고 나자
그런 것들이 남았다

다 그리지 못한 그림과
이제 막 물오르기 시작한 창밖의 나뭇잎
누군가를 기다리는 의자
아직 읽지 않은 책 속의
내가 알지 못하는 이야기 같은 것

사랑이 저물고 나자
그런 것들이 떠났다

이제 누구도 노래를 부르지 않으리라
한껏 습기를 머금었다 건조해지는
마음의 결들이 갈라지는 소리가
그 자리를 채울 때

무서울 정도로 낯선 세계가 떠나고
익숙한 세계의
평화롭고 쓸쓸한 위안이
빈 서랍 같은 시간을 메울 때

저문 사랑에게 다정한 인사를 건네고
하루가 저물기 전에
우리는 이별하기로 하자
너무 늦어버리기 전에
너무 슬퍼지기 전에

	아	쉬	울		거	야		있	겠	어	요	.		그	저		썩		괜	찮	았	던		순	간	도	∨
있	어	서		그		애	길		함	께	할		사	람	이		없	어	서		가	끔		혼	자		∨
웃	지	요	.	이	맘	때	쯤		늦	은		밤	의		거	리	를		혼	자		걷	다		보	
면		그	런		생	각	도		나	지	요	.														

어제의 빛

어제의 빛이 다 스러졌을 때
그것으로 그만인 줄 알았지
꽃잎도 나뭇잎도 캄캄한 어둠에 먹히고
길 하나 보이지 않았으므로

세계는 깊은 침묵에 잠기고
누구도 방도를 알려주지 않았다
기다리라는 건지 가라는 건지
잊으라는 건지 기억하라는 건지
어떤 신호도 보이지 않았다

그리고 무너진 하늘 아래 또 하나의 하루가 열렸을 때
조금 낡아지고 조금 부드러워진 풍경
흔적 없이 소멸했다고 믿었던
어제의 빛이
하늘과 땅이 맞닿은 곳에서 고요히 일어났으므로

인연으로 만났다 해도
인연이 다해 헤어지는 건 아니지
이별은 인연의 소관이 아니므로

나는 너에게 빛이 될 수도 없었고
어두운 상심 하나 드리우지도 못했지만
나의 어딘가에 새겨진 어제의 무엇을
간직하고 싶다고 생각했다
지켜도 괜찮을 것 같다고 생각했다

홀로 헤아리는 꽃잎 하나 나뭇잎 하나에
여태 머물러 있는
어제의 빛을
조금 낡아지고 조금 부드러워진
어제의 사랑을

바람이 이렇게 좋은 날에는 어떤 기적이 일어날 수도 있을 것 같아.

산책자 또는 천천히

해 질 무렵에 집을 나선다. 몸에 아무것도 지니지 않고, 제일 편한 신발을 신고.

모퉁이 하나를 돌면 오래된 작은 집 하나가 있다. 몇 개의 화분과 의자 하나, 그리고 이상하게도 벽시계 하나가 외벽에 걸려 있다. 할머니 한 분이 늘 그 의자에 앉아 있다.

언덕을 올라가면 한때 무성했던 유월의 야생장미들이 보인다. 장미를 지나쳐 굽은 길을 따라 내려가면, 강이다.

걸어가는 사람들, 뛰어가는 사람들, 자전거를 타고 달려가는 사람들의 표정이 아직은 잘 보인다. 바람의 소리, 물의 소리, 저물어가는 빛들의 소리 사이로 조그맣게 노래를 불러본다.

세계는 조금씩 다가왔다가 조금씩 멀어진다. 나는 산책자, 천천히 걷고 오래 걷는다. 지나가는 인생에 간섭할 수 없고, 머물러 있는 풍경에 손을 댈 수 없다. 그런 이유로 자유롭다. 어디서 걸음을 멈출 것인가, 어디까지 갔다가 돌아올 것인가, 오직 그것만 정하면 그만이다.

나는 나무를 본다, 가지가 어떻게 뻗어가는지, 잎들이 어떤 빛으로 흔들리는지. 나는 낡은 계단을 뒤덮은 풀들을 본다, 어느 틈을 비집고 생명이 밀려 나왔는지, 어느 바람이 그들을 흔드는지. 나는 하늘을 본다, 어디서부터 어두워지고 있는지, 그 아래 어디쯤에 네가 있을지.

노을이 시작될 무렵에 몸을 돌린다. 저무는 날이 정면으로 들이닥친다. 애를 쓰지 않아도 지나가는 것들, 그리고 모든 것은 또 한 번 제자리로 돌아가리라. 이제 사람들의 표정은 어둠에 가려 보이지 않는다. 집으로 돌아가는 일만 남았다.

강을 등지고 굽은 길을 올라온다. 모퉁이를 돌아 잠시 걸음을 멈추고 장미를 관찰한다. 습기를 잃어가는 장미는 이미 죽음의 과정 안에 있다. 그러나 그 가시들은 아직 얼마나 또렷한가.

오래된 작은 집 앞에는 여전히 할머니가 미동도 없이 어둠 속에 앉아 있다. 그녀가 나의 마음을 모르듯, 나도 그녀의 마음을 모른다.

나는, 산책자, 길을 따라 천천히 걸어갔다가 돌아온다, 행여 그리움이 일어도 바람에 풀어놓고 돌아온다, 네가 없는 어둡고 고요하고 평화로운 공간으로.

언제부턴가 천천히 오는 것들을 사랑하게 되었다.

점심식사

셔츠는 구겨졌다
점퍼는 낡았고 바지는 해어졌다
옆 테이블에는 가족들이 앉아 있었다
할아버지, 할머니, 중년의 남자와 여자,
그리고 크고 작은 아이들까지
웨이터는 쉴 새 없이 그 테이블로 불려갔다

그는 조용히 들어와 조그마한 테이블 하나를 차지했다
바다가 정면으로 보이는 자리였다
경쾌하고 빠른 걸음으로 지나가는 웨이터를
그는 느린 손짓으로 불러 세웠다
식사가 나오기 전
차가운 로제 와인 한 병이 그의 테이블에 올려졌다

그의 손은 주름투성이였고, 햇빛에 붉게 타 있었다
와인글라스에 맺힌 차가운 물방울이
손등을 타고 흘렀다
와인이 반 이상 빌 때까지

그의 식사는 나오지 않았다
옆 테이블에서는 아이들이 디저트를 먹고 있었다

그의 발치에서 그의 개는
기다렸다
이 정도의 기다림쯤이야 일도 아니라는 듯이
때로 낯선 발자국 소리에 귀를 세우기도 하고
가끔 졸기도 하면서

겨우 열두 시가 조금 넘은 시간이었다
해는 뜨겁고 바다는 끝없이 뒤척였다
그는 끝내 점퍼를 벗지 않았다
많은 날들을 살아왔는데 아직 긴 하루가 남아 있었다

급할 일은 없으므로
그는 불평도 없이 기다렸다
그의 점심식사가 나오기를
달리 할 일은 없으므로
그의 개도 기다렸다
그가 식사를 끝내기를

흔들리는 사람

알지도 못하는 사이에 이렇게나 가까워졌던가 하고, 급한 걸음을 옮긴다. 한 걸음도 움직이지 못하는 꽃의 향기가 백 리, 천 리를 따라온다. 마음을 헤집고 영혼을 묶는 보이지 않는 것들을 헤치고 모으느라 바람이 부산하다. 낯선 것들을 제거하느라 평생을 보낸 한 사람이 흔들린다. 낡은 계산기를 꺼내어 셈을 할 겨를도 없이, 수첩을 꺼내어 목록을 점검할 여유도 없이, 뒤죽박죽으로 도망친다. 한밤에 내리는 비와 한낮에 잠복한 안개로 단단히 몸을 가리고, 휘청이는 슬픔을 털어낸다. 길을 가로막는 것은 아무것도 없다. 다만 더욱더 환해지는 후회 외에는.

사	랑	의		이	름	으	로		모	든		바	보		같	은	,		심	지	어		사	랑	이	∨
아	닌		짓	들	까	지	도		용	서	받	았	던		시	절	이		있	었	다	.		이	제	는	∨
아	니	다	.																							

날들

날들, 단 하나의 문장도 짓지 못하고
낙서 같은 단어만 두고 왔던
날들, 그 마음에 그림자 질까 봐
청명한 빛 감추어두었던
날들, 티끌 같은 약속이 무거워
실낱같은 사랑만 놓고 왔던

햇살에 심장이 따가운
날들, 눈물보다 아름다운
바람에 뿌리가 시린
날들, 거품보다 세밀한
여태 그 자리에서 기다리고 있는
오지 않을 날들

내가	네게	상처를	줄	수	있다면,	너도	내게	상
처를	줄	수	있다는	것.	나를	행복하게	만드는	것
이	얼마나	쉬운	일인지,	넌	이미	알고	있다는	것.

당신이 원하지 않는 것

누군가를 알기 위해서는 그 누군가가 무엇을 원하는지 알아야 한다고 믿었던 때가 있었다. 혹은 그 누군가가 무엇을 원하는지 알 수 있다면 그 누군가를 알 수 있다고 생각했던 때가.

이상하잖아. 사람은 저마다 다른데 어째서 원하는 것은 비슷한 걸까. 당연하잖아. 누구나 행복해지고 싶은 거니까. 누구나 외롭지 않았으면 하고, 누구나 기댈 곳이 있었으면 하고, 누구나 삶의 다정한 언덕에서 오래오래 햇살을 받고 싶어 하니까. (그렇지 않은 사람이 있을 수도 있겠지만 그런 사람은 별로 알고 싶지 않으니까, 패스.)

당신은 무엇을 원하는 거냐고 내가 물었을 때 사실 내가 궁금했던 건, 당신이 원하지 않는 것이 무엇이었는지 하는 거였다. 그리고 이제 나는 누군가가 원하지 않는 것 안에 그 누군가의 삶에 대한 단호한 입장이 있다고 믿게 되었다.

이를테면 웬만한 일은 웃어넘기는 당신이 정말로 화를 내야만 하는 일이 어떤 것인지. 웬만한 일에는 불평하지 않는 당신이 정말로 힘들어하는 일은 무엇인지. 웬만한 일로는 흔들리지 않는 당신을 흔드는 것은 무엇인지.

그리고 그런 일들 앞에서 당신이 끝내 지키고 싶은 것, 끝내 타협할 수 없는 것은 무엇인지. 이를테면 굳게 닫힌 문을 마주했을 때, 그리고 그 문 안에 당신이 원하는 무엇이 있는 것처럼 보일 때, 당신은 어떻게 행동하는 사람인지.

그리하여 해가 저물도록, 계절이 지나가고 세월이 다 가도록, 나는 기다리리라. 당신이 그저 돌아서 가거나 혹은 문고리를 잡고 흔들거나 아무것도 하지 않고 문 앞을 서성거리도록, 숨소리도 내지 않고. 당신이 원하지 않는 것들과 싸우며. 그것이 설령 나라 할지라도.

그대의	부재가	내게	말하고	있다. 그대가	한	번
도	하지	않았던	말들을. 이제	와	무슨	소용인가
했으나	이제라서	소용에	닿는구나	한다.		

완전 5도

메이저의 도레미파솔을 '완전 5도'라 불러요. 도와 레는 온음, 레와 미는 온음, 미와 파는 반음, 파와 솔은 온음이죠. 마이너에서는…

잠깐, 지금 아주 중요한 뭔가가 지나간 것 같아.

나의 피아노 선생님 임주연의 말을 가로막으며, 나는 그녀가 지금 막 그린 악보 위의 음표들을 뚫어지게 바라보았다.

그러니까 완전 5도란 건 온음들이 모여서 만들어진 게 아니란 거지? 저기 중간에 끼어들어 있는 저것, 미와 파는 반음이란 거지? 그런데 그걸 완전 5도라고 부른다는 거지?

그녀는 약간 어리둥절한 표정으로 고개를 끄덕였다.

나중에 다시 생각해보자, 일단 진도를 나가야 하니까.

그녀가 마이너에 대한 설명을 계속할 수 있도록 나는 노트를 밀어주었다.

레슨이 끝나고 며칠 후까지 내 마음속에 완전 5도란 말이 맴돌았다. 다시 생각해보고 자시고 할 것도 없이, 완전 5도는 너무나 명백한 사실을 있는 그대로 보여주고 있었다. 도레미파솔라시도라는 음계가 어디에서 태어났는지는 모르겠으나, 그 속에는 반음이 두 개나 들어 있다. 미와 파, 그리고 시와 도. 이 엄연한 반음들은 톡 튀어나온 까만 건반들 사이에서 떳떳하고 우아한 순백의 모습을 하고 있다. 만약 8음계가 전부 온음으로 이루어져 있다면, 음악은 지금과 상당히 다른 형태로 발전했을지도 모르겠다.

만약 올라가는 모든 것들과 내려가는 모든 것들이 온전한 것들로만 이루어져 있다면(이를테면 계단을 떠올려보자) 쉽게 지쳐버리는 것은 물론이고 별 재미도 없겠지, 라는 생각도 든다. 온전한 것들 사이에 반음이 끼어듦으로써 '완전'해지는 것, 어쩌면 그것이야말로 완전한 사실일 거라는 생각도 든다.

어떤 인간도 정확한 간격으로 보폭을 내딛으며 목적지로 향하지는 않겠지.

어떤 사랑도 규칙적인 단계를 밟아 자라나는 건 아니겠지.

어떤 이별도 일정한 간격으로 차곡차곡 멀어지는 건 아니겠지.

걷고 뛰고 멈추고, 그런 식으로 삶이 흘러간다. 온전한 것들을 다 모은다고 해서 완전한 잔을 채울 수 있는 건 아니다. 맥주도 그렇다. 거품을 빼고 술만 눌러 담으면 맛이 없는 것.

우리가 불완전하다고 생각하는 많은 것들은 의외로 그들 나름대로, 완전을 추구하며 나아가고 있는 것인지도 모르겠다.

	모	르	는		것	을		아	는		척	하	는		것	보	다		아	는		것	을		모
르	는		척	하	는		것	이		더		어	려	운		일	이	란		걸		차	곡	차	곡
알	아	간	다	.																				

뜻이 있는 곳에 길이 있다는 말

따뜻하고 친절해 보이는 사람이 알고 보면 무척 차가울 때가 있다. 따뜻하고 친절해 보여 무작정 마음을 열고 불쑥 다가갔다가 깜짝 놀라고 상처받게 되는 경우.

언어나 문장, 말의 경우도 비슷하다. 자세히 들여다보면 겉과 속이 다르다는 느낌을 받고 깜짝 놀라게 되는 것이다. 이를테면 뜻이 있는 곳에 길이 있다는 말 속에는 뭔가 무시무시한 음모가 도사리고 있다는 기분이 든다.

진실성의 여부를 따진다면, 이 말 자체는 진실과 거짓을 반반씩 포함하고 있다. 뜻이 있는 곳에 길이 있기도 하고 없기도 하기 때문이다. (하나 마나 한 소리를 왜 하느냐고 따지지는 않았으면 좋겠다. 뭐 어차피 인생이 대체로 이런 식 아닌가.) 문제는 어떤 '뜻'을 가지고 길을 찾는 과정, 그 길을 쟁취하는 과정에 있다.

좀 극단적인 예를 들자면, 만약 내가 생산적인 일은 하나도 안 하고 일생을 남의 돈과 노력으로 탱자탱자 놀겠다는 뜻을 품고 있다고 해 보자. 그럼 아마도 사기꾼이 되어 먹고 노는 길을 찾아 나설 것이다.

뜻이 있는 곳에 길이 있다, 이 말은 '하면 된다'라는 말과 일맥상통한다. 이 무지막지한 독재자의 말은 또한 지독한 이기심과 맞닿아 있다. '내가 하겠다는데' 다른 사람들이 다치거나 아프거나 무슨 상관이란 말인가? 이런 말을 대놓고 할 수가 없으니 이런 식으로 말한 것인지도 모른다.

어떤 뜻을 품고 그 길을 찾아가는 과정은 중요하다. 그러나 솔직히 나는 시간이 흐를수록 그게 다 뭔가 싫어질 때가 종종 있다. 그 과정에서 누군가를 외롭게 하고 누군가를 다치게 하고 누군가를 무시하고 누군가를 울게 한다면? 또한 누군가를 원망하고 누군가를 미워하게 된다면?

남극의 극점에 깃발을 꽂은 이의 드라마틱한 이야기보다 전 대원들의 무사귀환을 위해 고지를 눈앞에 두고 돌아섰던 어느 탐험가의 이야기를 나는 좋아한다. 무언가를 이룬다는 것은 대단한 일이지만 사람을 위해 무언가를 포기하는 것은 사람의 일이다.

그런 사람의 '뜻'은 애초에 사람에게 있었던 것이리라. 우리의 '길'은 그 속에 있었으면 좋겠다.

그리고 길은, 하나만 있는 게 아니다.

	백		명	을		기	쁘	게		해	주	는		일	과		한		명	을		외	롭	지
않	게		하	는		일	이		나	란	히		있	을		때		후	자	를		선	택	하	는
것		또	한		용	기	라	고		나	는		믿	는	다	.	이	런		의	미	에	서		용
감	한		사	람	이		되	고		싶	다	.												

레이먼드 카버 가라사대

첫째, 정치 – 경제 – 사회적 요소를 언어로 토로하지 말 것.

둘째, 철저히 객관적일 것.

셋째, 인물과 사물에 대한 묘사를 진실하게 할 것.

넷째, 철저히 간결할 것.

다섯째, 따뜻한 마음을 지닐 것.

_ 레이먼드 카버가 1886년에 쓴 편지 중에서

1938년에 태어나 1988년에 세상을 떠난 레이먼드 카버는 수많은 단편 소설들을 세상에 남긴 작가이다. 그가 단편소설이라는 형식을 택하게 된 이유는 간단하다.

"나는 고료를 금방 받을 수 있는 방식으로 글을 쓸 수밖에 없었습니다. 그러다 보니 시와 단편소설을 쓰게 된 것이지요."

의대 공부를 하면서 가족을 부양하면서 주간지에 글을 연재했던 그는 누군가에게 보낸 편지 안에서 '소설 형식의 요건' 다섯 가지를 열거했다. 백 년 후 비평가들은, 이런 형식에 의해 쓰인 소설에 '미니멀 픽션'이라는 이름을 붙여준다. (뭐 그건 그렇다 치고.)

카버가 얘기한 다섯 가지 요건이 절대적인 것은 아니지만 한 번쯤 심사숙고할 만한 이야기들이다. 특히 세 번째 항목, 인물과 사물에 대한 묘사를 '진실하게' 해야 한다는 조목이 눈길을 끈다. 어째서 그는 '정확하게'라거나 '생생하게' 같은 단어 대신 '진실하게'라는 단어를 사용했을까?

사물의 경우에는 실제로 존재하는 사물을 참고하여 어느 정도 진실에 가까운 묘사를 하는 것이 가능하겠으나 인물의 경우는 좀 다르지 않을까? 작가가 창조해낸 인물의 진실은 어디에서 유추해내야 하는 것일까? 혹은 그 인물의 진실 역시 작가의 상상에 근거하는 것인가? 그렇다면 그것을 진실이라고 부를 수 있을까?

그러나 생각을 조금 바꾸어보면, 오 헨리가 말했듯, 인간은 문학을 통해 생생한 자극과 경험을 얻고, 문학은 인간에게서 그것을 끌어온다. 따라서 작가가 창조한 인물이 부여받는 캐릭터는 인간, 살아 있거나 한때 살아 있었거나 앞으로 살아 있게 될 인간에 그 뿌리를 두어야 할 것이다.

그렇다면 한 인물에 대해 '진실한' 묘사를 하기 위해서는 인간의 가장 본질적인 (즉 진실한) 캐릭터를 알아야 한다는 말일 것이다.

아니 나 자신이 도대체 어떤 인간인지도 종종 모르겠는데 보편적인 인간의 캐릭터를 어떻게 알 수 있단 말인가?

라는 생각도 든다. 카버가 세상을 떠나지 않았다면 달려가서 물어보고 싶어진다.

그런데 카버는 의외로 위의 편지 속에 그 해답을 제시해놓은 것처럼 보인다. '따뜻한 마음을 지닐 것'이라는 다섯 번째 항목이 어쩌면 그

해답인지도 모르겠다.

무구한 세월에 걸쳐 괜찮은 작가들이 괜찮은 말들을 무지하게 많이 해왔지만 소설 형식의 요건에 이런 항목을 집어넣은 사람은 내 기억에는 별로 없다. (물론 비슷한 말을 한 사람들이 있긴 있다. 대체로 훌륭한 사람들이라고 기억한다.)

카버의 단편들은 딱히 동화처럼 아름다운 이야기들이 아니다. 그 속에는 약하고 악하고 상처 입고 상처를 입히는 사람들이 등장한다. 그러나 그 이야기들은 칼날을 세우고 덤벼들어 우리를 상처 입히는 것이 아니라 낮고 조용하게 삶과 인간에 대한 노래를 부르는 것처럼 들린다.

"예술은 자기표현이 아니라, 소통이다."

카버가 한 말이다. 이런 말은 누구나 할 수 있겠지만, 말 자체가 멋지다고 해서 힘이 실리는 것은 아니다. 자신의 철학 속에서 글을 써왔던 카버가 한 말이기 때문에 힘센 말이 되는 것이다.

| 인물과 | | 사물에 | 대한 | 묘사를 | 진실하게 | 한다는 | 것 |
| 은 | 그 | 내부의 | 그림자까지 | 읽어내야 | 한다는 | 것이다. | |

어떤 일요일

어떤 일요일은 완전히 멈춰 있다
이런 날은
움직임이 없는 사물에 둘러싸여
이미 과거가 되어버린 몇 가지 일들을 회상하는 것 외에
아무것도 할 수 있는 일이 없다

어떤 마음에 빗금을 긋고
어떤 얼굴을 지우고
어떤 순간에 밑줄을 긋고
그 모든 것들이 정말로 한때 존재했던가 하는 생각에
가까스로 이를 때 즈음

또한 그 모든 것이 나를 흔들고 지나갔음에도 불구하고
의외로 변한 것이 없다는 결론에
기어이 도달할 때 즈음

문득 한 점에서 다른 한 점으로 바람이 지나가는 소리를 듣는다
멈춰 있는 그림자들과

멈춰 있는 나의 손끝과
멈춰 있는 우리의 마음은

너무 일찍 뒤돌아보아 돌이 되어버린 마음은

처음부터 만난 적 없었던 것처럼
앞으로도 영원히 만날 일 없는 것처럼
조금도 움직일 수 없는 사물들처럼

누구도 초대하지 않았고
아무도 오지 않았던
일요일 저녁의 묵묵한 식탁처럼
딱딱하게 굳어버린 빵처럼

그러나 조금 어리둥절하여 멈춰 있다
네가 내게 오지 못하듯이
나는 네게 가지 못함을
받아들일 수 없지만 이해할 수 있다
기이할 정도로 당연한 일이 아닌가

움직이지 않으면 아무 일도 일어나지 않는다
그런 일요일

	나	를		사	랑	한		거	냐	고		물	으	면		난		할		말	이		없	지	만	∨
참		많	이		아	껴	지	요	,		당	신	을	.												

밤 열한 시

밤 열한 시
참 좋은 시간이야
오늘 해야 할 일을 할 만큼 했으니
마음을 좀 놓아볼까 하는 시간
오늘 해야 할 일을 하나도 못 했으니
밤을 새워볼까도 하는 시간

밤 열한 시
어떻게 해야 하나
종일 뒤척거리던 생각들을
차곡차곡 접어 서랍 속에 넣어도 괜찮은 시간
이럴까 저럴까 망설이던 마음도
한쪽으로 밀쳐두고
밤 속으로 숨어 들어갈 수 있는 시간

밤 열한 시
그래, 그 말은 하지 않길 잘했어, 라거나
그래, 그 전화는 걸지 않길 잘했어, 라면서

하지 못한 모든 것들에게
그럴듯한 핑계를 대줄 수 있는 시간

밤 열한 시
누군가 불쑥 이유 없는 이유를 대며
조금 덜 외롭게 해줄 수 있느냐고 물어도
이미 늦었다고 대답할 수 있는 시간
누군가에게 불쑥 이유 없는 이유를 대며
조금 덜 외롭게 해줄 수 있느냐고 묻기에는
너무 늦은 시간

밤 열한 시
일어난 모든 일들에 대해
어떤 기대를 품어도 괜찮은 시간
일어나지 않은 모든 일들에 대해
그저 포기하기에도 괜찮은 시간
의미를 저울에 달아보거나
마음을 밀치고 지우는 일도
무의미해지는 시간

밤 열한 시
내 삶의 얼룩들을 지우개로 지우면
그대로 밤이 될 것도 같은 시간
술을 마시면 취할 것도 같은 시간
너를 부르면 올 것도 같은 시간
그러나 그런대로 참을 수도 있을 것 같은 시간

밤 열한 시
하루가 다 지나고
또 다른 하루는 멀리 있는 시간
그리하여
가던 길을 멈추고
생각을 멈추고
사랑도 멈추고
모든 걸 멈출 수 있는 시간

참 좋은 시간이야
밤 열한 시

남자들이란

스페인에서의 마지막 날, L'Escala라는 작은 마을에 장이 서는 것을 구경하러 갔다. 한 바퀴 둘러본 후 마른 목도 축이고 아픈 다리도 쉬게 할 작정으로 카페에서 맥주 한 잔을 시켰다. (사실은 쇼핑보다 이것이 목적.)

내 시선이 닿는 곳에 시장 바닥이 자기 집 안방인 양 앉고 눕고 뒹굴고 하는 두 아이가 있었는데 아이들의 노는 모습이 자못 흥미진진했다. 두 아이는 각자 부모를 동반하고 있었는데 노는 양을 보니 둘이 썩 친한 사이는 아닌 듯했다. 어쩌면 처음 만났을지도.

남자아이는 여자아이의 시선을 끌기 위해 그 나이의 남자가 할 수 있는 모든 짓을 다 하는 중이었다. 뛰고 구르고 심지어 물구나무서기까지 시도했지만(머리를 맨바닥에 댄 채 아픔을 꾹 참는 표정이 일품) 여자아이는 눈길 한 번 제대로 주지 않았다.

남자들이란.

그런 소리가 절로 나왔다. 남자들이란 어른이나 아이나 어쩌면 그렇게 여자에게 뭔가 '인상적'인 인상을 주고 싶어 안달을 하는 걸까.

그 며칠 전 바르셀로나 거리에서 만났던, 뒷바퀴만으로 자전거를 타던 소년도 기억났다.

아니 힘들게 왜 저러는 거지?

했는데, 그야 물론, 지나가는 아리따운 소녀들에게 인상적인 인상을 심어주려고 그랬겠지. 성숙한 여인들은 그러거나 말거나 스쳐 지나갈 뿐이지만.

간혹 술자리에서 누군가의 일행으로 왔다가 처음 인사를 하고 말을 나누게 되는 남자들에게 이런 식의 모습을 발견할 때가 있다. 자신의 첫인상을 매우 인상적으로 심어주기 위해 자기 이야기를 엄청나게 늘어놓는 사람들. 대화를 끌어가기 위해 이쪽에서 질문을 던지면 옳다구나 낚아채어 자랑을 줄줄줄줄 한다. 자기 이야기가 끝나고 나면 어색한 침묵이 이어진다. 대화를 계속하고 싶다면 이쪽에서 또 다른 질문을 던져야 하는데 그렇게 되면 또 끝없이 재미없는 일방적인 이야기가 이어질 것 같아 이쪽도 입을 다물게 된다.

남녀노소를 불문하고, 나는 "And you?"를 모르는 사람이 싫다. 영어 처음 배울 때 다들 배우지 않았는가? "How are you?" 하고 물으면 "I'm fine, and you?"라고 되묻는 거라고. and you가 없으면 소통도 없다. 한 사람은 일방적으로 혼자 떠들고, 다른 사람은 지루해진다. 나는 그런 사람을 만나면 참을 때까지 참다가 대놓고 말을 해버리는 편이다.

저기, 아까부터 그쪽 이야기만 계속 하시는데, 저나 다른 사람들에게는 별로 관심이 없으신가 봐요?

뭐 좀 건방지게 들리겠지만 그런 식으로는 좋은 인상을 심어주지 못한다는 사실을 누군가는 얘기해줘야 하지 않을까 해서. (그렇게 말했는데도 효과가 없으면 그저 다시 안 만날 뿐.)

대체로 여자들은 다른 사람의 기분에 신경을 쓰고 배려를 하는 것에 익숙해져 있는데 대체로 남자들은 그렇지 않은 것 같다는 생각도 든다. 『그 남자의 뇌, 그 여자의 뇌』라는 책을 보면, 뇌의 구조가 기본적으로 다르다고 하는데 뭐 그건 다음 기회에 이야기하기로 하고. 그러니까 어쩌면 그건 교육받는 것이 아니라 본능적인 것일지도 모르겠지만, 말이 통했다면, 그 꼬마아이를 조용히 불러 이렇게 얘기해줬을 것이다.

애야, 여자들은 그런 걸로 너한테 호감을 느끼거나 그러지 않는단다. 그냥 좀 바보 같다고 생각할 뿐이지. 진짜 여자아이의 관심을 끌고 싶다면 뭔가 다정한 질문을 해보렴. 지금 뭐가 먹고 싶은지. 무슨 생각을 하고 있는지. 뭘 하고 싶은지 말이야.

	그		사	람	은		생	각	을		잘	하	는		거	예	요	.		말	을		잘	해	는
게		아	니	라	.		글	을		잘		쓰	는		게		아	니	라	.		그		사	람	은
당	신	을		사	랑	하	는		거	예	요	.		천	사	여	서	가		아	니	라	.		바	보	여
서	가		아	니	라	.		그	런		것	도		몰	라	요	?								

how come···?

좋아하는 영어 표현 중에 'how come?'이란 것이 있다. '왜?', '어째서?', '어쩌다가?', '어떻게?'라는 의미로 사용되며 좀 더 고전적인 뉘앙스로 번역하면 '어찌하여?' 정도가 될 텐데, '어떻게'와 '오다'라는 두 단어가 만났다는 것이 의미심장하게 느껴질 때가 있다.

말하자면 지금의 이 상황이 무엇에서 비롯되었는가, 이 순간은 어디에서 시작되었는가, 이 감정은 무엇으로부터 솟아오른 것인가, 이런 질문을 포함하고 있는 말인지라 나도 모르게 근원을 생각하게 되고 나도 모르게 아득해진다.

그러니까 말하자면 수없는 지류를 따라 흐르고 흘러 마침내 삶이라는 망망대해에서 우연히 또는 기적적으로 만난 두 물줄기가 놀라고 어리둥절하여 내뱉는 감탄사일 수도 있고, 그러니까 말하자면 모질고 험한 물결에 이리저리 내쳐지다가 어쩔 수 없이 작별하며 안타깝게 전하려 하는 마지막 인사일 수도 있고, 그러니까 말하자면 긴 세월이 흘러 문득 돌아본 길을 향해 아쉬운 미소를 지으며 중얼거리는 혼잣말일 수도 있으며, 그러니까 말하자면 예기치 않은 삶의 선물 앞에서 두근거리며 떨며 조금 불안해하면서 손가락으로 몰래 써보는 말일 수도 있다.

다시 말하자면 그것은 모든 시작과 끝, 최초와 최후에서, 마찬가지로 삶의 구절구절에서 불현듯 떠오르는 질문이다. 쉽게 대답할 수 없어서 귀하고 아픈 질문이다.

만약 내가 당신을 사랑한다면 언제나 이 거대한 질문을 품으리라. 당신은 어디에서 왔는지, 나는 무엇으로 여기 이르렀는지, 우리는 어떻게 시작되었는지, 그 모든 최초를 잊지 않으리라.

한 번에 하나씩, 당신의 시간이 쌓여갔다. 그 시간 위에 찍힌 지문 하나하나에 당신은 존재하므로, 나는 질문을 멈추지 않겠다.

당신은 어떻게 왔는가.

헤	어	지	기		전	에	,	고	맙	다	고		얘	기	했	던	가	.		커	다	란		물	음
표		하	나		주	고		간		너	에	게	.		잠	들	기		전	에	,		기	도	했	던	가	.
질	문	하	기	를		멈	추	지		않	게		해	달	라	고	.								

따라가면 좋겠네

그 여자, 가수 한영애의 노래를 처음 들었던 곳의 어둡고 눅눅한 공기를 기억한다. 모든 설익은 것들을 마음속에 한껏 품고 있었던 시절이었고 자신의 서투른 것들을 용서할 수 없는 시절이었고 눈을 감았다 뜨면 세상이 사라져 있기를 소망하던 시절이었다.

용서하라, 누구에게나 그런 시절이 있지 않은가.

나는 몇 명의 사람들, 그러니까 내가 미워하거나 좋아하거나 가끔 무관심했던 이들과 어울려 카페의 구석자리에 껌처럼 붙어 앉아 들국화나 산울림, 또는 김민기를 들으며 이랬으면 좋겠거나 저랬으면 싫겠거나 또는 아무래도 상관없는 것들에 대해 이야기했다.

그녀의 노래는 시시껄렁한 잡담과 터무니없는 비관, 결론 없는 논쟁 같은 것들이 테이블 위를 유령처럼 떠돌고 있을 때 하나의 전조나 예감처럼 우리에게로 왔다. 「건널 수 없는 강」이 그 노래의 제목이었다. 그날 이후, 나는 매일 밤 그 노래를 몇 번씩이나 되풀이해서 들었다. 고백하건대, 그 노래는 나로 하여금 그 시절의 암흑을 견딜 수 있게 해준 몇 안 되는 위로였다.

그 여자, 사람 한영애를 만난 것은 그로부터 몇 년 후였다. 대학로의 조용한 찻집의 구석자리, 앉은뱅이 테이블 앞에 그녀는 가부좌 자세로 그림처럼 앉아 있었다. 무대 위의 그녀와 사뭇 다른 모습이어서 말을 걸어도 입을 열지 않을 것 같아 다소 당황했던 기억이 난다. 하지만 그녀는 다소곳한 눈동자를 들어 나를 바라보며 낮고 부드러운 음색으로 인사를 건넸다.

고맙게도 그녀와 내 삶의 거리는 그리 멀지 않은 곳에서 운영되었고 나는 일 년에 한두 번 정도 그녀의 시간을 사적으로 소유하는 기쁨을 누렸다. 사석에서 만나는 맨얼굴의 그녀는 솔직하고 아름다우며 베풀 줄 알고 감사할 줄 아는 사랑스러운 사람이라는 것도 알게 되었다. 무대 위의 그녀와 노래 속의 그녀보다 나를 얼큰공주라고 부르는 그녀에게 충분히 익숙해졌는데 – 경신은 한 잔만 마셔도 얼큰하게 취해버린 것 같은데 그 상태가 술자리 끝날 때까지 계속 가, 하면서 그녀가 붙여준 별명이다 – 공연장에서 만나는 그녀는 여전히 나를 놀라게 한다.

그녀의 노래를 듣고 있으면 나는 그녀가 단도직입적으로 내 마음을 향해 걸어와서 심장을 붙잡고 있는 게 아닌가 의심하게 된다. 나는 그렇게 사로잡힌 채 기꺼이 그녀의 포로가 될 수밖에 없다.

얼마 전 공연이 끝난 후 무대의상을 벗고 화장을 반쯤 지운 그녀를 대기실에서 만나지 못했다면 나는 지금도 무대 위의 그녀와 내 옆자리에 앉아 있는 그녀 사이의 간극에 대해 매우 당황해하고 있을지도 모르겠다.

술자리는 좋아하지만 술은 거의 못하는 그녀가 가끔 전화를 걸어,

오늘은 술 생각이 나서, 얼큰을 앞에 앉혀놓고 술 마시는 모습을 보고 싶어. 나 대신 마셔줄래?

하고 얘기하는 그녀는 아주 가까운 곳에 있는 것 같은데, 무대 위의, 노래 속의 그녀는 하늘의 별처럼 아득하게 멀다.

그리하여 내가 품고 있는 그 여자, 한영애가 별처럼 찬란한 빛으로 저 먼 곳으로부터 내게 달려오는 사이, 내 마음은 울고 웃으며 부드러운 아픔으로 두근거린다. 우리는 그런 이를 스타, 라고 부른다.

그대의 향기가
내 가는 모든 곳에 느껴지듯이
내 향기가 그대의 그림자이듯
그대 가는 모든 곳에
따라가면 좋겠네
따라가면 좋겠네
_ 신윤철 작사/작곡, 한영애 노래, 「따라가면 좋겠네」

그러므로 나는, 그대를 따라가면 좋겠네. 마주 앉거나 나란히 앉아 눈을 보고 손을 잡지는 못해도, 그대가 내려주는 빛 속에 머물며, 몇 걸음 뒤에서 그대를 가만히 따라가면 좋겠네.

어느 서점 주인의 솔깃한 제안

1979년 4월, 13일의 금요일, 미국 맨해튼에 추리소설 전문서점이 문을 열었다. 그러나 불행히도 이 서점은 곧 뚜벅뚜벅 적자의 행진을 하는 운명에 처하게 되었다.

미국인의 57퍼센트가 일 년 동안 단 한 권의 책도 읽지 않는다는 통계 자료와 대형서점에 밀려 조그마한 서점들이 하루아침에 문을 닫는 분위기는 그 서점에 진열되어 있는 웬만한 추리소설보다 훨씬 무서웠고 막다른 골목에 몰린 주인은 마침내 서점의 직원을 한 명도 빠짐없이 불러 긴급회의를 열었다.

그러나 직원들이라고 해서 뾰족한 수를 갖고 있을 리 없었다. 별다른 성과 없이 회의를 끝내고 복잡한 마음으로 잠자리에 든 주인은 이런저런 근심으로 뒤척이다가 문득 회의 중에 누군가 조심스럽게 꺼내놓았던 별것 아닌 이야기를 떠올렸다. 그 서점에서는 매년 손님들에게 크리스마스 선물을 보내고 있었는데 그것은 추리소설 작가들의 (발표되지 않은) 짧은 단편을 인쇄한 것이었다.

주인은 매년 한 사람의 작가에게 첫째, 미스터리적인 요소가 들어 있는 이야기, 둘째, 크리스마스가 배경이 되는 이야기, 셋째, 문제의 서점이 사건 현장의 일부가 되는 이야기 한 편을 써달라고 부탁하여, 그것을 손님들에게 보내고 있었다. 직원 중 누군가 손님들이 그 선물을 매우 좋아한다고 언급했지만 '돈을 쓸 방법이 아니라 돈을 벌 방법을 구하는 회의'라며 일축해버린 이야기였다.

그날 밤, 주인은 (잠도 오지 않고 해서) 이 아이디어를 조금 더 발전시켜보았다. 그리하여, 첫째, 추리소설 작가들에게 그들의 시리즈물에 나오는 캐릭터의 전기나 프로파일을 써달라고 한다, 둘째, 양장본으로 백 부만 제작하여 친필사인을 받고 한정판으로 판매한다, 라는 매우 그럴듯해 보이는 결론을 끌어냈다.

그래서, 작가들은, 썼다. 마이클 코넬리는 해리 보슈에 대해, 존 코널리는 찰리 파커에 대해, 콜린 덱스터는 모리 경감에 대해… 그들은 자신들이 창조한 캐릭터를 불러내어 인터뷰를 하고, 전기를 쓰고, 프로파일링을 했다. 오랜 세월 동안 인기를 누리며 수십 개국의 언어로 번역된 주인공들이 어떻게 탄생했는지, 어떻게 성장했는지, 어떤 어려움을 겪었는지에 대해.

간혹 원고 청탁을 받을 때 느끼는 거지만 '아아 정말 재미있겠다!' 하고 쌍수를 들어 즐거이 환영하게 되는 청탁은 거의 없다. '뭐 이 정도면 쓸 수 있을 것 같다' 싶은 선에서 받아들이는 경우가 흔하다. 거꾸로 청탁을 하면서 느끼는 거지만 그 작가가 흥미로워할 만한 것들을 찾아 콕 찔러주면 결코 거절당하지 않는다.

위의 제안을 받은 대부분의 작가들은 '아아 이거 완전 솔깃한데!' 하며 환영했을 것이 틀림없다. 책을 내고 나서 인터뷰도 하게 되고 독자

와의 만남도 하게 되지만 작가란 말보다 글이 익숙하고 편한 사람들이어서 자신의 이야기를 시시콜콜 구구절절 말로 잘 설명하지 못하는 경우가 많다. 설사 작품에 관한 이야기를 할 기회가 있다 해도 기자들은 대부분 작품 자체보다 작가 개인의 이야기를 알고 싶어 한다.

그런데 한 권의 책을 막 마무리한 시점에서 작가의 머릿속에 들어 있는 것이 무엇이겠는가. 소설을 쓰며 작가는 끝없이 캐릭터와 대화를 나누고 그의 행동을 주시하며 그를 이끌고 그를 따라간다. 삶의 일부를 그와 나누는 것이다.

당연히 작가는 누군가와 그의 이야기를 나누고 싶어 한다. 당신이 사랑에 빠졌을 때, 당신이 사랑하는 그 사람의 이야기만 하고 싶은 것처럼. 그리하여 이 불운한 서점 주인의 제안을 받은 작가들은 앞을 다투어 글을 써서 보냈다. (모르긴 몰라도 굉장히 신 나는 작업이었을 것이다.) 서점 주인도 직원들도 이 덕을 톡톡히 보았겠으나 가장 특혜를 누린 것은 이 서점의 단골손님들이었을 것이다.

나는 원래 글 속에 교훈 같은 걸 끼워 넣는 것에 질색하는 스타일이라 이 이야기는 여기까지만 하고 싶다. 다만 세상의 모든 훌륭한 아이디어가 어디에서 어떻게 나오는지에 대해 조금 생각해볼 수는 있겠다. 이를테면 그는 경영자의 자존심을 접고 직원들에게 고충을 솔직하게 털어놓았다. 또한 그는 서점의 이익을 우선으로 생각한 것이 아니라 손님들과 작가들의 입장을 고려하며 방법을 찾았다.

모두가 행복해지는 방법을 찾아내고 실현시키는 것은 어려운 일이다.

그러나 그런 방법이 아주 없는 것은 아니리라.

참, 서점 주인의 이름은 오토 펜즐러로 현재 미국에서 가장 큰 스릴러 전문서점인 '미스터리어스 북 숍'을 운영하고 있으며 수많은 미스터리 잡지의 편집자인 동시에 『뉴욕 선』지에 칼럼을 연재하고 있는 작가이기도 하다. 오랫동안 수집가들의 애간장을 끓게 했던 작가들의 원고는 『라인업』이라는 제목의 책으로 묶여 나왔으며 운이 좋게도 우리나라에서 번역서로 출간되었다.

잘 알고 계신 대로 목격자에게 용의자를 식별하도록 하기 위해 용의자를 포함한 사람들을 일렬로 늘어 세워놓는 것을 '라인업'이라고 부른다. (저쪽에서는 이쪽이 보이지 않는 유리창 너머에 주르르 사람들이 서 있고, 목격자가 번호로 범인을 지명하는 것을 본 적이 있을 것이다.) 여러 명의 추리소설가가 등장하는 이 책에 이보다 더 재치 있게 어울리는 제목도 달리 없을 것이다.

오래되고 아늑한 시간과 책의 향기가 녹아 있는, 길 잃지 않아도 좋고 세월을 잊어도 좋은, 작은 동네서점이 그립다.

	하	루	는		고	요	히		지	나	갔	고		딱	히		해	로	운		일	은		하	지	˅
않	았	고		손	은		좋	은		책	을		들	고		있	으	니		밤	이		깃	털	처
럼		가	볍	고		고	맙	다	.																

세상은 너무나 위험하지만

미하일과 내가 메뉴를 고르는 동안 일곱 살 니나는 지금 막 들어선 낯선 세계를 탐색한다. 안쪽에는 주방이 있다. 니나는 생각한다.

저긴 들어가면 안 되는 곳일 거야.

한쪽에는 2층으로 올라가는 계단이 있다. 니나는 생각한다.

저긴 이따 가봐야지.

홀에는 테이블 두 개가 있다. 니나는 생각한다.

여긴 아빠랑 이모가 앉아 있으니 우리 자리야.

그리고 입구를 바라본다. 활짝 열려 있다.

니나는 생각한다.

그렇다면, 우선, 저기부터.

아빠와 내가 충분히 시야를 확보하고 있다고 생각한 니나는 문을 통과하여 거리로 나간다. 큰길은 아니지만 차들이 지나다니는 길이다. 미하일과 나는 약간 긴장을 하고, 지켜본다. 니나는 길을 건넜다가, 아슬아슬 차를 피해가며 다시 건너온다. 니나가 테이블로 돌아왔을 때, 내가 말한다.

니나, 길을 건너기 전에 왼쪽, 오른쪽, 잘 살펴본 거지? 너는 너무 작아서, 차 안에 탄 사람이 너를 발견할 수 없을지도 몰라. 그러니까 네가 조심해야 해.

니나는 고개를 끄덕이고 다시 달려나간다. 길을 건너기 전에 확실히 멈추고, 두 팔을 뒤로 해서 뒷짐을 지고, 허리를 굽히고, 왼쪽을 약 5초, 오른쪽을 약 5초, 다시 왼쪽에 약 2초 시선을 던진 후(마치 투수의 동작 같다) 잽싸게 뛰어, 길을 건넌다.

세상은 너무 위험하니까. 하지만 난 저 아이 옆에 영원히 붙어 있을 수는 없으니까.

미하일이 말한다.

세상은 너무 위험하니까. 하지만 누구도 저 아이만 지켜보고 있을 수는 없으니까.

내가 말한다. 그러면서도 아차 하면 바로 뛰어나갈 수 있는 자세를, 아이의 아빠는 유지하고 있다. 깜짝 놀랄 만큼 신중한 태도로, 니나가 열 번쯤 길 저편과 이편을 왕복했을 때 누군가 미하일과 내게 말을 건넸다.

아이가 위험하잖아요.

나는 잠깐 생각하고, 니나를 부른다.

니나, 아빠와 나는 네가 안전하게 길을 건널 수 있다는 걸 알아. 하지만 여기 있는 다른 사람들이 불안해해. 그러니 이제 그만할까?

깜짝 놀랄 만큼 순순히, 니나는 고개를 끄덕인다. 이제 일곱 살인데, 다른 사람이 불편해하고 불안해하는 것을 이해할 수 있다니. 걱정을 끼치지 말아야겠다는 마음으로 즐거운 놀이를 포기할 수 있다니. 나는 어쩐지 눈물이 날 것 같다.

세상이 너무나 위험해서. 니나가 너무나 작아서. 그렇게 작은데 그렇게 생각이 깊어서.

세상은 이렇게 위험하고, 정글의 야수 같은 차들이 사방에서 덤벼드는데, 이리 어리고 순한 존재가, 타인을 생각한다. 가시를 치켜들고 발톱을 세우는 세상 속에서, 이리 작고 보드라운 존재가, 웃는다.

아마도 꽃들은 그 웃음의 힘으로 피어나리라. 안간힘을 다해, 활짝.

	평	화	를		사	랑	하	는		사	람	도		싸	워	야		할		때	가		있	다	.
힘	센			자	를		이	기	고		빼	앗	기		위	해	서	가		아	니	라		약	한
것	을		지	키	고		가	꾸	기		위	해	.												

여름이 간다

조금 성급하게, 여름이 간다고 소리 내어 말해본다. 그러고 나니 「봄
날은 간다」라는 노래가 생각난다. 그래서 여름은 간다, 하고 다시 고쳐
본다. 어쩐지 여름이, 쪽에 마음이 기운다. '봄날'과 '간다' 사이에는 왜
'은'이 어울리고, '여름'과 '간다' 사이에는 왜 '이'가 어울릴까? '은'과 '이'
의 차이는 뭘까?

다른 예를 찾아보기로 한다. 이를테면 '너는 간다'와 '네가 간다'의 뉘앙
스는 어떻게 다를까. '너는 간다' 쪽은 뭐랄까, 좀 더 애절한 느낌이 있
고 '네가 간다' 쪽은 뭐랄까, 좀 더 담백한 느낌이 있다. 하나는 주관적
이고 하나는 객관적이라고 우겨도 될 것 같다.

'너는 간다', 이 말을 되새겨보면 기어이 가는구나, 가고야 마는구나,
굳이 가야만 하겠니, 정 그렇다면 어쩔 수 없지, 이렇게 중얼거리면서
담벼락 뒤에 숨어 가는 사람이 영영 멀어질 때까지 지켜보고 있는 풍
경이 떠오른다. '네가 간다', 이 말을 녹여보면 아, 간다고? 응, 그래, 잘
가라, 언젠가 또 보자, 조심하고, 이렇게 말하면서 손 흔들며 배웅하는
풍경이 담겨 있다.

주어가 나로 바뀌면 어떨까? '나는 간다', 정든 님을 두고, 가기 싫지만,
간다. '내가 간다', 기다려라, 나 지금 거기로 가고 있다. 하나는 과거지
향적이고, 하나는 미래지향적이라고 우겨도 되겠다.

하지만 어느 인생이 뒤만 돌아보고 어느 인생이 앞만 보겠는가. 가끔 뒤를 돌아보면서, 우리는 또 꾸역꾸역, 구구절절 앞으로 간다. 가끔은 '은'으로 복잡한 심경을 전하고 가끔은 '이'로 복잡한 심경을 감추며. 생각이 많아지는 것을 보니, 확실히 여름이 가고 있다.

	여	름		한	철		녹	슨		나	사	를		닦	을		시	간	.		느	슨	해	진		매
듭	을		묶	을		시	간	.		자	꾸	만		플	랫	되	는		마	음	을		당	겨		조
율	할		시	간	.		당	신	의		메	이	저	에		마	이	너	로		화	음	을		넣	을
시	간	.		높	은		A	음	의		시	간	.		말	하	자	면		라	라	라	.			

몰랐나요

몰랐나요, 언젠가 그곳에

당신을 위해 비워둔 자리가 있었는데

갓 뽑은 햇살로 반짝반짝 유리를 닦고

뭉게구름을 모아 가구마다 말간 윤기를 내고

바람에게 그치지 않는 노래를 청했는데

환한 새벽에서 환한 밤까지

내내 당신을 기다렸는데

몰랐나요, 오래전 그 시간에

당신을 위해 비워둔 마음이 있었는데

당신을 따르고 당신을 노래하고 당신을 기다리던

끝내 당신이 울린 그 마음이 선명하게 있었는데

무	척		오	랜	만	에		이		길	이	구	나		했	다	.	우	연	히		마	주	치
면		어	쩌	나		했	다	.	생	각	해	보	니		좋	은		일	도		있	었	구	나
했	다	.	나	는		그		기	억	에		미	소	를		지	어	주	었	다	.	당	신	은
영	원	히		모	르	겠	지	만	.															

착한 연인 콤플렉스

한 사람을 좋아하게 되면 그 사람이 원하는 것은 무엇이든 해주고 싶어지게 된다. 오죽하면 하늘의 별도 따다 주겠다는 말이 생겼겠는가. 별 이야기가 나온 김에 하는 말이지만 이것은 실현 가능성이라고는 병아리 눈물만큼도 없는 약속이란 것은 둘째 치고 광활한 우주의 질서와 안녕을 대놓고 위협하는 발언이라 하지 않을 수 없다. (할 말은 많으나 일단 넘어가기로 한다.)

좌우지간 나는 이러한 상태, 즉 '하늘의 별이라도 따다 주겠다는 마음가짐'이 되는 상태를 '착한 연인 콤플렉스'라고 부른다. '연인'이라는 자리에 '남자' 또는 '여자' 또는 '사람'을 집어넣어도 무방하다.

이런 증세는 사랑에 빠지는 모든 사람에게서 발견되는 것은 아니지만 발병확률이 비교적 높은 데다가 심각한 위험을 초래할 여지가 만연하므로 예방 차원에서 이 자리를 빌어 널리 알리고자 한다.

우선 이 콤플렉스의 포로가 되는 사람들에게는 몇 가지 공통점이 있다.

첫째, 외로움에 몸부림치는 가엾은 한 영혼을 구하고자 하는 봉사정신의 소유자.

둘째, 자신의 안위는 제쳐두고 타인의 행복을 먼저 추구하는 양보정신의 소유자.

셋째, 너의 기쁨이 곧 나의 기쁨이라는 희생정신의 소유자.

겉으로 보기에는 매우 흡족해 보이는 이러한 성향의 소유자들이 연애 초기에 가장 심혈을 기울이는 부분은 '그 사람이 가장 좋아하는 사람으로 거듭나는 것'이다. 그들은 그 사람이 좋아하는 옷을 입고, 그 사람이 좋아하는 음악을 듣고, 그 사람이 좋아하는 음식을 먹고, 그 사람이 좋아하는 영화를 함께 보고, 그 사람이 원하는 시간에 튀어 나가며, 그 사람이 싫다고 하면 자신의 머리카락 하나도 손대지 않는다.

그런데 여기에 몇 가지 함정이 있다. 이런 식의 생활이 반복되고 습관이 되어버리면,

첫째, 그 사람은 당신에게 싫증을 낸다.

둘째, 싫증을 내다못해 버릇도 나빠진다.

셋째, 버릇이 나빠진 자신이 마음에 안 든 나머지 당신에게 짜증을 내게 된다.

이 정도가 아니다. 가장 치명적이고 심오한 함정은 따로 있다.

당신은 지친다. 당장은 아니지만, 언젠가는. 그리고 모든 것이 끝난다. 그것도 차마 좋다고는 할 수 없는 방식으로.

이 일련의 일들이 벌어진 후, 어느 날 문득 당신은 생각한다. 당신의 전부 혹은 일부분을 어딘가에서 잃어버린 것 같다고. 그것을 되찾을 길을 영원히 알지 못할 것만 같다고.

인생에서는 여러 가지 일이 일어나고 간혹 당신의 마음을 빼앗아 가는 사람도 당신 눈앞에 나타나게 된다. 중요한 것은 당신이 누군가에게 어떤 사람이 되느냐가 아니라 당신 자신이 그 사람 앞에서 어떤 사람이

되는가이다. 그 사람은 당신 앞에서 어떤 사람이 되는가이다.

어떤 사람은 당신을 한없이 슬프게 하고, 어떤 사람은 당신을 한없이 착하게 굴고 싶게 하고, 어떤 사람은 당신을 나쁜 사람으로 만들며, 어떤 사람은 당신을, 당신 자신으로 살게 한다.

누군가 당신을 당신 자신으로 살아가도록 할 때, 당신 역시 그 사람을 그 사람 자신으로 살게 할 때, 그것이 시작이 되어야 한다. 가장 나답게 살기 위해서는 나를 잘 알아야 하고, 나를 잘 알기 위해서는 나를 사랑해야 하고, 나를 사랑하기 위해서는 내 안에 사랑받을 만한 구석이 있어야 한다. 그것을 찾아 가꾸어줄 만한 사람이 아니라면, 함께 가꾸어 갈 만한 사람이 아니라면, 사소한 눈길조차 주지 말라고 감히 말하고 싶다.

아시다시피, 나는 이런 말을 이렇게 강한 어조로 말하는 사람이 아니다. 그러나 워낙 중차대한 일이 아닌가. 사랑이란 것은, 도무지.

	외	롭	고		가	난	한		사	람	을		사	랑	할		수	는		있	으	나		자	신
을		학	대	하	는		사	람	은		견	디	기		힘	들	다	.	자	학	으	로		타	인
을		공	격	하	고		상	처		주	는		것	으	로		자	기		존	재	를		증	명
하	려	는		사	람	과		좋	은		관	계	를		유	지	하	는		법	을		난		아
직	도		모	르	겠	다	.																		

나는 너의

나는 너의 무엇이 될까

빛이 될까

꿈이 될까

비밀이 될까

요새가 될까

피가 되어 너를 목마르게 할까

독이 되어 너의 숨을 막을까

사람이 되어 너의 가지를 간섭할까

사랑이 되어 너의 뿌리를 뒤흔들까

혹은 너의 실핏줄 사이를 바람으로 촘촘히 묶어

그 고난한 생의 숲을 포획할까

혹은 깊고 낮은 바다의 차가운 물로 흘러

그저 무해한 풍경으로 사라질까

무엇이 될까

나는 너의

	신	발	끈	이		풀	리	면		누	군	가		나	를		생	각	하	고		있	는		거
란		말	을		들	은		후	부	터	,	신	발	끈	이		풀	릴		때	마	다		누	군
가	를		생	각	하	게		된	다	.															

"감정은 믿을 게 못 돼요"

"사람들은 왜 감정적으로 되는 걸 그렇게 중요하게 생각하는지 알고 싶어요."

테디가 말했다.

"우리 부모님은 많은 것들을 아주 슬프다거나 아주 짜증스럽다거나 아니면 아주아주 부당하다는 식으로 여기지 않는 사람은 인간도 아니라고 생각하세요. …난 감정들이 도대체 뭐에 소용되는 건지 모르겠어요. …그건 믿을 만한 게 못 돼요."

_ J. D. 샐린저, 『테디』 중에서

기자생활의 초창기, 박범신 선생을 만났을 때의 일이다. 무척 오래전이고 그 시절의 글은 남아 있지도 않아 어렴풋하지만 그분의 정원에 맨드라미가 피어 있었던 것이 기억난다. 인터뷰 내용 역시 까마득하지만 그 후로도 문득문득 떠오르는 이야기가 하나 있다. 아마 작가의 감성이랄까 감수성이랄까 그런 이야기 도중이었던 것 같다.

좀 더 젊은 시절에는 내 머릿속에 수많은 나비들이 날아 다녔어. 그저 손을 뻗는 것만으로도 얼마든지 잡을 수 있었지. 그런데 이제는 겨우 몇 마리만 날아다니는 것 같아. 애를 써야 한두 마리 잡을 수 있다는 기분이 드는 거지.

생각의 갈피들을 헤집어 들어가다가 길을 잃곤 하던 나이여서 나는 그 말이 알 듯 말 듯했다. 알 듯 말 듯하여 묘하게 매력적이었고, 그래서 인상적이었다.

감정이 풍부하다는 것은 흔히 감정에 솔직하다는 것과 비슷한 의미로 사용되고, 감정에 솔직하다는 것은 흔히 감각적이라는 것과 비슷하게 사용되고, 감각적이라는 것은 흔히 감수성이 뛰어나다는 것과 비슷하게 사용된다. 창작을 직업으로 삼는 사람들이 '감정'에 무뎌지게 되는 것을 두려워하고 경계하는 것은 거기에서 창작의 힘이 솟구쳐 오른다고 믿기 때문일 것이다.

물론, 그렇다.

혹은, 그렇지 않을지도 모른다.

태어나 단 한 번도 어떤 '작가'를 질투해본 적이 없다. 내가 잘나서가 아니라 나는 그냥 그런 사람이기 때문이다. '질투'라는 감정의 코드가 대부분의 사람들과 다른 것인지도 모른다. 좋은 작품을 읽으면 그저 좋고 너무 좋을 뿐이지 '나는 왜 이런 글을 못 쓰나!' 하고 한탄하진 않는다. 어쩌면 정신건강을 생각하는 방어체계가 탄탄한 것인지도. (그런 식으로 일일이 자학하다가는 직업을 바꾸지 않는 이상 우울증에 걸릴 테니.) 그러나 샐린저를 읽을 때는 조금 다른 감정이 생긴다. 극단적으로, '나 같은 게 무슨 글을 쓴단 말인가!' 싶기도 하다. 이 말의 뉘앙스에 주의해달라. 이것은 자조나 자학이나 탄식이 아니다. 사뭇 유쾌하게 내뱉는 감탄인 것이다.

아무튼 샐린저의 단편 『테디』에서 저 구절을 발견했을 때 뭔가 다른 세계가 열리는 기분이었다. 감정은 믿을 게 못 돼요, 라니!

글이란 적어도 읽을 만해야 하고, 그러기 위해서는 적어도 믿을 만해야 한다. 애초에 감정에 뿌리를 두고 있다면, 믿을 만한 곳에 도달하기가 매우 힘들어질 것이다.

다시 말한다. 감정과 감각, 감수성은 각각 완벽하게 다른 의미로 사용되어야 한다. 나는 그런 것들이 믿을 수 없고 무의미하다는 이야기를 하고 있는 게 아니다. 이 모든 것이 혼재되어 혼란스럽게 사용되고 또 받아들여지고 있다는 사실을 이야기하고 싶은 것이다.

현란한 색채를 자랑하며 날아다니는 감정의 나비들 사이에서 감각의, 감수성의, 본질의, 진실의 나비를 찾아내는 일 역시 시간이 흐를수록 쉬워지는 것은 아닐 것이다. 어쩌면 박범신 선생이 고민하던 것도 그런 게 아니었을까. 그때 내가 너무 어려 알아듣지 못한 것들이 있었으리라.

참고로 샐린저는 그의 중편 『목수들아, 대들보를 높이 올려라』의 서문에 이런 글을 남겼다.

세상에 아마추어 독자 – 혹은 그저 읽고 달릴 뿐인 그 누군가 – 가 아직도 남아 있다면. 그와 내 아내, 나의 아이들에게 말로 다할 수 없는 애정과 인사를 넷으로 나누어 이 책을 바칩니다.

샐린저에 대해 또한 세상의 수많은 훌륭한 작가들에 대해 나는 기꺼이, 영원한 아마추어 독자로 남을 수밖에 없다. 저항, 불가능이다.

"네가 글을 쓰려고 앉을 때마다 너는 작가이기 오래전에 독자였다는 사실을 기억했으면 좋겠어." 그리고 내가 가장 읽고 싶은 글을 쓰면 된다는, 놀랍도록 간단하고 명백한 샐린저의 비밀.

아무도 모르는 곳에

아무도 모르는 곳에 당신을 데려가려고, 아무도 모르는 곳을 찾아다니다가, 우리를 숨겨줄 곳이 아무 데도 없어, 한 손에 끌을 들고, 다른 손에 망치를 들고, 세계의 아귀를 조금 비틀었지. 내가 손을 내민 순간과, 당신이 손을 거둔 순간에, 아무도 눈치채지 못한 균열이 생기고, 나는 그곳에 재빨리 무심하고 평범한 눈빛 하나를 끼워 넣었지. 안심한 당신이, 무방비한 걸음으로 눈빛을 딛자, 세계가 갈라지고 천 길 가파른 길이 열렸지. 인생에는 돌이킬 수 없는 것이 너무나 많지만, 모든 것은 어떻게든 제자리로 돌아가려 하고, 숱한 이유와 변명들이 가지마다 매달려 있는 깊은 숲에는, 어디에나 위험이 잠복해 있었지. 나에게도 당신에게도 초행인 길이어서, 어렵게 의지하고 힘겹게 기대는데, 어쩌다 맞잡은 손에 힘이 빠지면, 피로한 눈길을 피하며 몰래 한숨을 쉬기도 했지. 아무도 모르는 곳에 당신을 데려가, 아무도 모르는 노래를 부르고 싶었는데, 어쩌나, 세계가 갈라져도 변함없는 삶의 중력, 그 강한 힘을 이겨낼 수는 없었지.

추	상	은		힘	이		없	다	.	그		토	대	가		구	체	가		아	니	라	면	.
언	어	도		글	도		그	림	도	,	어	쩌	면		음	악	도	.	그	러	고		보	니
사	람	과		사	람	의		관	계	도	.													

아무것도 아닌

아무것도 아닌 당신은
아무것도 아닌 배를 타고
아무것도 아닌 나를 찾으러
모든 낮과 밤을 흔들리며
닥쳐온다, 나는

아무것도 아닌 날들을
아무것도 아니게 살아서
아무것도 아닌 희망을 묻고
모든 꿈과 빛에 못을 박으며
견뎌낸다, 당신은

아무것도 아니라
아무렇지도 않게
아무런 의심도 없이
길잡이 별 하나 없이
흘러간다, 여름은

베니스의 하늘

이제 무언가를 잊기 위한 여행은 가지 않겠다고 마음먹었다. 그래놓고도 그런 마음이 반쯤은 있었으니 그곳으로 날아가는 조그마한 비행기 안에서 내다본 하늘이 자꾸 뒤척였다.

공항에서 타고 간 버스가 어느 광장에 나를 내려놓았을 때 이미 모든 길을 잃어버렸다. 그 광장에서 호텔까지는 멀지 않았지만 같은 계단을 올랐다 내려가고 같은 다리를 건넜다 다시 건너고 같은 골목을 들어갔다 다시 나오느라 발가락마다 물집이 잡혔다.

베니스는 온통 여행객들이 끌고 다니는 슈트케이스 소리로 가득 차 있었다. 호텔 창밖을 내다보며 사람들이 길 잃는 것을 구경하거나 길 잃는 사람 중 하나가 되거나 그렇게 하루하루가 지나갔다.

바다에서는 커다란 크루즈들이 떠다녔다. 하얀 모자를 쓴 사람들이 하얀 배의 자락에 매달려 손을 흔들었다. 나는 잠시 걸음을 멈추고 그들의 삶을 생각해보았으나 곧 지루해졌다.

곤돌라에는 연인들이 타고 있었다. 리알토 다리 아래에서는 밴드가 연주를 하고 사람들은 춤을 추었다. 나는 혼자 그 모든 것을 다 보거나 다 외면하다 보트를 타고 호텔로 돌아와 조그만 유리병에 담긴 예쁜 색깔의 술을 마셨다.

길은 어디로나 이어져 있었고 어디에서나 막다른 골목을 만났다. 관광

객들은 무례하거나 시끄러웠고 그곳 사람들은 지나치게 친절하거나 말이 통하지 않았다.

나는 가끔 누군가를 생각하기도 하고 까맣게 잊기도 했다. 그 어느 쪽도 오래가진 않았다.

밤은 천천히 아주 천천히 도착했고 그 사이에 하늘은 수천 개의 색깔로 바뀌었다. 모든 것을 다 알고 있다는 듯한 D 마이너의 슬픔 같은 것이 대기 중에 흘러 다녔으나 나는 두 손을 늘어뜨리고 고개를 흔들며 그렇지 않아, 그렇지 않아, 중얼거렸다.

내 곁에 누군가 있었으면 좋겠다고 생각하기도 했다. 그러나 그게 누군지 알 수가 없었다. 결국 여행은 어떤 기억의 코드를 또렷하게 상기시키는 것이며 나는 아무것도 망각할 수 없다는 것을 깨달았을 때 날들이 다 저물었다.

모든 것이 그렇게 순식간이고 모든 것이 또 그렇게 영원이었다. 그 거리 어딘가에서 너를 만난 것 같기도 했으나 우리는 말없이 헤어졌다.

노	중	에	서		두		종	류	의		여	행	자	를		만	난	다	.	모	든		것	을
짊	어	지	고		걸	으	며		밤	을		위	한		숙	소	를		구	하	는		이	.	또
는		빈	손	으	로		어	디	로	든		흘	러	가	다		문	득		멈	춰		하	늘	을
보	는		이	.																				

사랑이라 부를 수 있나

울고 싶을 때마다 『모두에게 해피엔딩』을 읽는다는 이야기를 언젠가 누군가에게 들은 적이 있다. 나는 잠시 어안이 벙벙해졌고 그다음에는 몹시 당황했다.

울어요?

울어요.

정말요?

정말요.

단행본으로 출간된 내 책을 정독해본 적이, 내 기억으로는 없다. 글을 쓰면서 책을 만들면서 몇 번씩이나 되풀이해서 본 글들이어서 할 만큼 했다는 기분도 있고 이미 다 알고 있는 이야기들이어서 독서의 즐거움을 느낄 수도 없기 때문이다. 몇 년쯤 지난 글들을 보면 이런저런 흠들이 눈에 들어오기도 하고 혼자 얼굴이 빨개졌다가 이제 와서 빨개져봤자 어쩌겠나 싶기도 하고 기타 등등 기타 등등.

어쩌다 내 책을 읽은 사람들이 이 책의 이런 것들, 저 책의 저런 것들, 하는 식으로 이야기를 해주면 뭐랄까, 아아, 그런 것도 있었구나, 낯선 느낌부터 든다. 저 혼자 뚝 떨어진 문장 같은 것들은 누가 알려주기 전까지 내 것인지 모르는 경우도 종종 있다.

아무튼 내가 쓴 글이라 해도 일단 내 손을 떠났으면 너는 너의 운명을 살아라, 라는 게 나의 입장이다. 그런데 누군가 『모두에게 해피엔딩』을 읽고 울었다는 말을 듣고 나니 도대체 그 책의 어느 구석에 눈물을 끌어내는 구석이 있단 말인가 호기심이 모락모락 피어올랐다.

며칠 후, 나는 큰맘 먹고 그 책을 꺼내어 읽어보았다. 책이 출간된 지 몇 년 만에 처음이었을 것이다. 그리고, 어느 순간, 어떤 부분이었는지는 잊었지만, 예기치 않게, 놀랍게도, 갑자기, 울컥, 눈물이 났다. 난 더욱 어안이 벙벙해졌고 더욱 당황했다.

이게 무슨 짓이야.

스스로를 꾸짖었지만 뭔가 몹시 서럽고 아파서 눈물이 멎질 않았다. 하나의 단어라거나 문장 때문은 아니었다. 스토리 때문도 아니었다. 다만 *그때 난 이렇게도 순진하게 사랑을 믿었구나. 두 번 다시 이런 글은 쓰지 못하겠지.*

라는 생각 때문이었다.

그때의 그 생각은, 반은 맞고 반은 틀렸다, 정도로 해두자. 연인에게 사랑 그 자체의 사랑으로 사랑한다는 말을 한 것은 내 기억으로 단 두 번인데 두 번째의 사랑은 폭격 그 자체였다.

나는 방심했고 그래서 무너졌다. 나는 울었고 웃었고 그래서 마음이 다 닳았다고 믿었다. 몇 번이나 도망쳤고 다시 붙잡혀 오는 와중에 제법 멀리 달아날 작정으로 뉴질랜드의 크라이스트처치까지 갔다. 대학 때 나와 같이 살았던 선배 언니가 그곳에 있었다.

우리가 몹시 아름답고 적막하고 쓸쓸하고 아무도 없는 바닷가에 이르렀을 때 언덕 어디쯤에 외로운 불빛 하나가 반짝였다.

만약 정말정말 사랑하는 사람하고 저런 집에서 단 둘이 산다면 얼마나 살 수 있을까?

내가 물었다.

글쎄, 넌 어떨 거 같아?

나는 심사숙고 끝에 엄숙하게 선고했다.

세 달.

그녀가 단호하게 말했다.

난, 3주 정도라고 봐.

우리는 웃었다. 그때 내 속에서 뭔가가 빠져나갔다.

그 후의 일들은 그냥 건너뛰고 싶다. 지켜야 할 것들이 너무 많다고 변명하며 나는 그 폭격 속을 빠져나왔다. 그리고 두 번 다시 『모두에게 해피엔딩』을 읽지 않겠다고 결심했다. 어쩌면 또 울지도 몰라서.

하지만. 그건 정말 사랑이었을까.

잊을 수밖에 없어서 잊었고 살 수밖에 없어서 살았다. 그러니 그걸 어디 사랑이라 부를 수 있나.

| 알 | 아 | . | | 외 | 로 | 워 | 서 | | 그 | 랬 | 겠 | 지 | . | | 그 | 래 | 서 | | 나 | 도 | | 외 | 로 | 워 | 지 | 고 |
| 당 | 신 | 은 | | 더 | 욱 | | 외 | 로 | 워 | 지 | 고 | . | | | | | | | | | | | | | | | |

동시에 두 군데에서 존재할 수 없다는 것의 슬픔

나는 이곳에 있다
나는 그곳에 있지 않다
이곳에 있는 나는 그곳에 있을 수 없다
어쩌면 이토록 뻔한 사실이 인간의 태생적인,
피할 수 없는 슬픔인지도 모르겠다

그리하여 영원히 알 수 없는 것들,
안다고 해도 어쩔 수 없는 것들을 안고 살아간다
다시 생각을 해보면
그런 것들은 '이곳'에도 존재한다
그렇다면 선명하게 알 수 있는 것은 결국 아무것도 없다는 것일까

우리는 단지 둘 중의 하나를 선택할 수 있을 뿐이다
그 사실을 부정하며 불행하게 살아가거나
그 사실을 인정하며 슬픔에 잠겨 살아가거나

아마 그런 이유로 나는 슬픔을 받아들이기로 작정했을 것이다
기억나지 않는 어느 먼 과거에

예기치 않은 아름다움은 슬픔을 받아들인 후에

비로소 찾아오는 거라고

누구도 내게 말해주진 않았으나

아무래도 상관없다

아무것도 달라지지 않을 테니

발목을			잡는		건		행복해지려고,							최소한			불행해지진				∨
않으려고			시작한			일들이다.				상처가			되는		건		아마도			∨
사랑이			저지른			짓들이리라.														

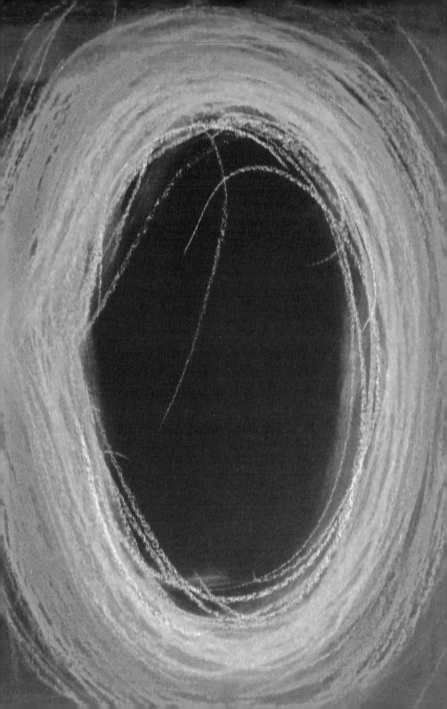

가지 않은 소리

마침내 문이 닫힌 후
나는 문 이쪽에 기대어
당신이 가지 않은 소리를 듣기 위해
숨을 죽이고 서 있었다

심장에서 작은 귀가 돋아나
움직이는 소리와 움직이지 않는 소리를 흡수했다
무거운 발자국 소리가 천천히 멀어져 갔으나
가지 않은 무언가가 문 저쪽에 남아 있었다

나지 않은 소리를 들을 수 있었던 그때
모든 것이 지금보다 선명했다

	기	억	에	는		금	이		가	고		구	명	이		뚫	린	다	.	왜 곡 이 고	상
실	이	고		미	완	성	이	다	.		현	재	는		기	껏		그	런		과 거 에	기 대
고		있	다	.	어	둡	고		흐	릿	한		거	리	에	서		서	둘	러	이 별 을
고	하	는		기	억	에	.													

밤의 안부

한낮의 수많은 길들이 다 사라지고
이제 단 하나의 길만 남았다
길고 곧은 길이고 목적지가 분명한 길이고
노중에서 우리가 헤어질 길이다
무채색으로 눌린 발자국은
시간의 먼지로 금세 뒤덮인다
서로의 품에서 헤어난 서로가 멀어지는 동안
밤은 치밀하게 깊어간다
괜찮은가요, 허공에 안부를 묻는다
이별하는 심장의 온도를 가늠하며
나는 당신을, 검은 밤 안에 새겨 넣는다
오늘은 아직 창밖을 서성이는데
내일은 고른 숨소리를 내며 이미 잠이 들었다
귀를 기울이면
사랑이 수천 번 죽었다가 다시 태어나는 소리
안녕한가요, 돌아가는 길 내내
또 하루 버틸 수 있을 만큼만이라도
또 한 번 살아낼 수 있을 만큼만이라도

잠들기 전까지 읽을 책
자면서 마실 물
시간을 확인할 전화기
다정한 기억과 그리운 이름
잠자리에 들 때 필요한 것들

글 황경신

부산에서 태어나 연세대학교 영문학과를 졸업했다. 『나는 하나의 레몬에서 시작되었다』, 『그림 같은 세상』, 『모두에게 해피엔딩』, 『초콜릿 우체국』, 『슬프지만 안녕』, 『밀리언 달러 초콜릿』, 『세븐틴』, 『그림 같은 신화』, 『종이인형』, 『생각이 나서』, 『위로의 레시피』, 『눈을 감으면』 등의 책을 펴냈다.

그림 김원

서울에서 태어나 어릴 적부터 그림을 그리며 자랐다. 미술대학에서 서양화를 전공한 뒤 사회로 뛰어들어 출판미술 분야에서 7년 동안 일했다. 30대 초반 프랑스로 그림 공부를 하러 건너갔으나, 2년 동안 신 나게 놀다가 돌아와 월간 PAPER를 창간했다. 20년 가까이 PAPER를 만들어오는 중이며 작품집으로 『좋은 건 사라지지 않아요』가 있다.